Cyfres y

Geiniog

Ariennir yn Rhannol gan
Lywodraeth Cymru
Part Funded by
Welsh Government

Ariennir yn rhannol gan Lywodraeth Cymru fel rhan o'i rhaglen
gomisiynu adnoddau addysgu a dysgu Cymraeg a dwyieithog

Annwyl Mr Rowlands

gan

Manon Steffan Ros

a fi, Huw!

Dyluniwyd gan Rhiannon Sparks

1

Annwyl Mr Rowlands,

Doedd fy adroddiad ysgol ddim cynddrwg â hynny.

Wel, rydach chi'n gwybod hynna – chi ysgrifennodd o. A dweud y gwir, roedd 'na ddarnau ohono'n grêt. Roeddech chi'n dweud 'mod i bob amser yn garedig, a bod fy storis wastad yn ddiddorol …

'Ond mae'r sillafu'n ofnadwy,' meddai Dad pan ddywedais i hyn wrtho. 'Ac mae dy lawysgrifen di mor wael nes ei fod o'n cael trafferth deall dy waith di weithiau.'

'Ond does dim ots am lawysgrifen y dyddiau 'ma!' atebais yn hollol resymol. 'Ar gyfrifiadur mae pawb yn gweithio.'

Ochneidiodd Dad wedyn, a rhoi ei ben yn ei ddwylo. 'A be' am y rhan yma 'ta, Huw? *Mae Huw yn tueddu i freuddwydio yn ystod gwersi ac mae ei ben yn y gwynt.*' Ro'n i'n meddwl dy fod ti wedi gwella'r tymor yma!'

Fel hyn mae Dad. Mae o'r math o ddyn sy'n mynd â llyfr ysgrifennu a phensil i noson rieni er mwyn cadw nodiadau manwl o bopeth sy'n cael ei ddweud. Nid y pethau da, cofiwch. O, na.

Mae Lisa'n rhan o'r broblem hefyd.

Fy chwaer fawr i ydy Lisa. Efallai eich bod chi'n ei chofio hi – roedd hi yn eich dosbarth chi pan oedd hi'r un oed â fi. Mae hi ym mlwyddyn deg rŵan. Mae hi'n dal ac yn olau fel Mam, yn dda am chwarae hoci ac actio a chanu a gwersi mathemateg a gwyddoniaeth a phob un dim arall sy'n bwysig. Mae Mam a Dad wedi arfer efo'i hadroddiadau perffaith hi. *'Lisa yw seren y dosbarth cemeg,'* *'Mae Lisa'n chwaraewr pêl-rwyd heb ei hail,'* a *'Mae Lisa'n ddisgybl hoffus a charedig, ac mae'n bleser ei chael hi'n aelod o'r dosbarth.'*

Dydy'r adroddiadau ysgol ddim yn dweud dim byd am ei hochr wael hi. Taswn i'n gallu ysgrifennu adroddiad ar Lisa, dyma fyddwn i'n ei ysgrifennu.

Lisa

Lisa Mari Llwyd
Blwyddyn 10

Mae Lisa'n chwaer gas ac angharedig, ac mae'n dangos tueddiadau creulon iawn tuag at ei brawd ar adegau. Er ei bod hi'n ymddwyn yn annwyl ac yn garedig yn yr ysgol, mae hi'n troi'n fwystfil gwyllt gynted mae hi'n croesi trothwy'r tŷ.

Hoffwn weld Lisa'n ymgeisio i glirio'r ystafell 'molchi ar ôl iddi gael cawod, a pheidio gadael ei cholur ar y tywelion. Byddai'n braf cael un penwythnos heb ei chlywed hi'n cael sterics fel plentyn tair oed am nad ydy hi'n gallu dod o hyd i ryw ddilledyn neu'i gilydd. Mae'n bwysig fod Lisa'n deall nad bai ei brawd ydy popeth sy'n mynd o'i le yn ei bywyd.

Beth bynnag. Ar waelod fy adroddiad, roeddech chi wedi ysgrifennu: *'Os hoffech chi drafod yr adroddiad yma, mae croeso i chi ddod i'r ysgol am sgwrs.'* Mae'n RHAID i athrawon ysgrifennu hynna ar adroddiadau pawb. Dyna'r rheol. Dydyn nhw ddim yn ei feddwl o.

Ond wrth gwrs, roedd yn rhaid i Dad drefnu mynd i siarad efo chi ar ôl ysgol heddiw. Mi gymerodd o bnawn i ffwrdd o'i waith er mwyn gwneud. Ac, yn waeth na hyn i gyd, roedd rhaid i minnau fynd hefyd.

Mae'n iawn i mi fod yn onest yn y llyfr yma – chewch chi fyth darllen y llythyrau hyn beth bynnag. Felly galla' i ddweud eich bod chi, Mr Rowlands, yn un o'r athrawon yna sy'n meddwl eich bod chi'n cŵl. Mae pawb yn nabod rhywun tebyg – mynd i'r gwaith mewn jîns; galw plant yn *dude* (fel tasa unrhyw un yn dal i ddefnyddio'r gair yna), trio rhesymu efo'r plant drwg yn lle eu cosbi nhw. Dwi'n eitha hoff ohonoch chi fy hun. O leia 'dach chi'n trio gwneud pethau'n hwyl. Ond doeddwn i ddim yn hapus 'mod i'n gorfod mynd i siarad â chi efo Dad ar ôl ysgol. Roeddwn i wedi bod yn eich cwmni chi drwy'r dydd – roedd hynny'n ddigon.

Yn lle eistedd bob ochr i ddesg fel sy'n arferol mewn cyfarfodydd fel hyn, mynnoch chi ein bod ni'n eistedd mewn triongl, 'rhag ofn i Huw deimlo'n bod ni i gyd yn ei erbyn e.' Rholiodd Dad ei lygaid ar hyn – dydy o'n ddim byd tebyg i chi – ond llusgodd gadair draw i greu rhyw fath o driongl 'run fath.

'Y dychymyg 'ma sy'n fy mhoeni i,' meddai Dad yn bendant. Roedd o'n dal i wisgo'i ddillad gwaith, ac wrth iddo fynd i hwyl yn siarad am ei holl bryderon amdana i, roedd y tei'n edrych fel petai'n tynhau o gwmpas ei wddw pinc, trwchus. Roedd golwg anghyffyrddus ofnadwy arno.

'Mae o'n treulio hanner ei amser mewn byd arall, yn ei ben.'

'Hei, dwi ddim yn meddwl bod dychymyg yn beth drwg,' dywedoch chi, gan godi eich dwylo fel dyn yn wynebu gwn. Roeddwn yn gwybod y byddai hynny'n mynd ar nerfau Dad. 'Mae Huw wedi profi dro ar ôl tro yn ei straeon fod ei ddychymyg e'n beth byw iawn, ac mae hynny'n grêt.'

'Wel, ydy, am wn i, mae o'n iawn yn ei le ...'

'Wrth gwrs 'i fod e!' Gwenoch yn llydan fel tasech chi wedi llwyddo i ddarbwyllo Dad. 'Mi fyddai Huw yn gallu ysgrifennu llyfrau ...' Wfftiodd Dad.

'Ond mae angen iddo ddysgu sgiliau go iawn hefyd, dydach chi ddim yn meddwl, Mr Rowlands? Wedi'r cyfan, 'chydig iawn o awduron mae rhywun yn eu gweld yn byw mewn tai mawr ac yn gyrru ceir crand. Mae'r rhan fwyaf ohonyn nhw'n dlawd fel llygod eglwys ac yn byw ar eu breuddwydion.' Ysgydwodd Dad ei ben fel petai o'n methu coelio'i fod o'n gorfod esbonio hyn i gyd wrth athro. 'Dydw i 'mond eisiau'r gorau i fy mab, 'dach chi'n deall.' Welodd Dad mo'r olwg roesoch chi iddo fo wedyn, fel tasech chi'n ymdrin â rhywun oedd ddim yn hanner call.

'Wel,' meddech chi ar ôl saib. 'Mi fyddai'n sicr yn help tase Huw yn gallu ffrwyno'i ddychymyg a'i ddefnyddio i greu rhywbeth penodol. Falle wedyn, byddai ei feddwl e'n fwy rhydd i ddysgu ei dablau a gweithio ar ei lawysgrifen.' Nodiodd Dad yn frwd. O'r diwedd, roeddech chi'n siarad fel roedd o'n disgwyl i athro siarad.

'Oes gennych chi awgrymiadau am ffyrdd i'w helpu o?'

'Wel, oes, a dweud y gwir. Huw. Wyt ti'n cadw dyddiadur o gwbl?' Wrth gwrs nad ydw i, meddyliais. Dwi ddim yn nabod unrhyw un sydd *yn* gwneud. Am wastraff amser. Ond wrth gwrs, fedrwn i ddim dweud hynny, felly ysgydwais fy mhen.

'Nid sôn am ysgrifennu dyddiadur diflas ydw i. Dim *"Codi. Molchi. Cael brecwast. Mynd i'r ysgol."* Wela i ddim pwynt cadw dyddiadur fel 'na. Ond byddet ti, Huw, yn gallu ysgrifennu rhywbeth difyr, dwi'n siŵr.' Daeth golwg bell i'ch llygaid chi. 'A dweud y gwir, awgrymodd un o fy athrawon i'r un peth wrtha i pan o'n i yn dy oedran di. A ti'n gwybod be', methais i'n lân â chadw dyddiadur, ond yn lle hynny, dechreuais i ysgrifennu llythyrau at yr athro hwnnw. Fyddai e byth yn cael eu gweld nhw, wrth gwrs, ond roedd yn haws ysgrifennu ato fe nag at neb yn benodol.'

'Dyddiadur? Llythyrau?' ailadroddodd Dad. Doedd o ddim yn siŵr o'r syniad, a gwnaeth hynny i mi deimlo falla ei fod yn un da.

'Ro'n i'n ysgrifennu mewn llyfr nodiadau â llun sêr bach a lleuad ar y clawr – dwi'n ei gofio'n iawn.' Ysgydwoch eich pen, fel petaech chi'n trio callio, a throi ata i. 'Dy deimladau di. Dy straeon di, weithiau, ac unrhyw syniadau rwyt ti'n eu cael.' Crychodd Dad ei dalcen.

'Ro'n i wedi gobeithio am fwy o waith cartref Mathemateg neu Wyddoniaeth,' meddai. '*Llai* o ddefnyddio'i ddychymyg.'

'Wel, beth am i ni roi cynnig ar y dyddiadur gynta, ac os nad yw Huw yn canolbwyntio'n well mewn cwpl o fisoedd, edrychwn ni ar y sefyllfa eto.'

Dwi'n gwybod be' oedd eich bwriad chi, Mr Rowlands. Roeddech chi eisiau gwneud pethau'n hwyl i mi, a gwneud yn siŵr nad o'n i'n teimlo 'mod i'n cael fy nghosbi. Dydach chi ddim yn hoff o gosbi. Y peth gwaethaf 'dach chi wedi'i wneud erioed ydy gosod gwaith ychwanegol. Llynedd, pan daflodd Noa Evans ei gadair ar draws yr ystafell ddosbarth, wnaethoch chi ddim ffonio'i fam, na mynnu fod Noa'n cael ei ddiarddel, fel byddai'r athrawon arall wedi'i wneud. Yr hyn wnaethoch chi oedd symud Noa i ddesg ar ei ben ei hun, a gofyn iddo ysgrifennu am yr hyn oedd newydd ddigwydd – ei deimladau, ei resymau, be' yn union achosodd y peth. Ysgrifennodd Noa'n frwd drwy'r pnawn – chwe thudalen, y ddwy ochr – ac roedd o'n pwyso mor galed efo'i feiro nes i rai darnau o'r papur rwygo.

A dweud y gwir, doedd gen i fawr o broblem efo'r dyddiadur pan adewais i'r ysgol. Roedd o'n syniad ocê, sgriblan a malu awyr am hanner awr bob nos. Ond wrth gwrs, roedd Dad yn teimlo'n wahanol. Pan mae o'n gweld cyfle i dynnu'r pleser allan o rywbeth, mae'n ei wneud yn syth.

'Rhaid i ni fynd i'r siop ar y ffordd adre,' meddai, wrth iddo danio injan y car.

'Pam? Mae Mam wedi siopa bwyd ddoe ...'

'I brynu dyddiadur i ti. Neu lyfr llythyrau, neu beth bynnag rwyt ti isio'i alw fo.'

Roedd hynna'n swnio'n iawn hefyd, nes i ni gyrraedd yr archfarchnad a gweld y dewis o lyfrau nodiadau. Yn syth, estynnais am un â chlawr lliwgar a lluniau cartŵn o anifeiliaid arno: llewod, crocodeilod, nadroedd.

'Na, na.' Tynnodd Dad y llyfr o 'nwylo a'i roi'n ôl ar y silff. 'Ddim dyna'r math o beth sydd ei angen. Be' am hwn?' Ac aeth i nôl llyfr mawr â chlawr caled du; y math o lyfr y mae o'n cadw'i gyfrifon ynddo. Rhoddodd Dad y llyfr yn y fasged heb aros am fy ymateb i.

Dyna lle'r o'n i, yn meddwl bod y noson wedi mynd yn iawn o'i chymharu â noson rieni arferol, pan ofynnodd Dad i mi eistedd i lawr wrth fwrdd y gegin. Roedd y tŷ'n dawel, a suddodd fy nghalon. Yn wahanol i chi, mae Dad *yn* coelio mewn cosbi.

'Mi drïwn ni'r syniad llythyrau yma,' meddai Dad, gan eistedd gyferbyn â mi. 'Mr Rowlands ydy'r athro. Beryg mai fo sy'n gwybod orau.' Ysgydwodd ei ben, fel petai'n gwybod mai fo, Dad, oedd yn gwybod yn well, wir. 'Ond yn y cyfamser, fyddi di ddim yn cael pres poced ...'

'Be'? Ma' hynna'n hollol annheg!' Teimlais fy wyneb yn cochi mewn tymer.

'Mi gei di dy dalu am helpu o gwmpas y tŷ, ond dydw i ddim yn mynd i roi pres i ti am eistedd o gwmpas yn breuddwydio.'

'Mae pawb arall yn y dosbarth ...'

'Dwi ddim am ddadlau am y peth, Huw. Mi ga' i air arall efo Mr Rowlands ymhen 'chydig fisoedd. Os bydd pethau'n gwella, mi wna' i ailystyried.'

Felly, dyma fi. Dwi yn fy llofft yn ysgrifennu hwn, a thrwy'r ffenest, dwi'n medru gweld Ben a Hywel yn chwarae pêl-droed yn y parc. Dwi'n clywed Dad yn chwerthin ar ryw raglen deledu; mae Lisa yn ei llofft drws nesa'n sgwrsio efo'i ffrindiau dros y we. Mae Mam wedi mynd i'r gwaith. Mae hi'n gweithio'r shifft nos mewn cartref henoed, sy'n talu'n well na'r shifft dydd roedd hi'n arfer ei gwneud, ac yn llai o waith. Weithiau, meddai Mam, mae hi'n gwylio'r teledu neu'n darllen neu'n ffidlan efo'i ffôn drwy'r nos, a does dim un o drigolion y cartref yn deffro o gwbl. Ond weithiau, mae un o'r hen bobl yn deffro, yn methu cofio lle maen nhw, neu mae rhywun yn mynd yn sâl ac mae

Mam yn gorfod ffonio ambiwlans. Mae'n siŵr fod Rhun, fy ffrind gorau, wrthi'n chwarae gêmau ar ei gyfrifiadur. Mae o wedi cael *Cloud Runners*, y gêm orau erioed, ac mae'n ei chwarae o hyd. Dyna rydw i ei eisiau'n fwy na dim arall yn y byd. Roeddwn i wedi bwriadu cynilo 'mhres poced i'w phrynu nes i Dad sbwylio bob dim.

Mae pawb arall yn y byd yn cael hwyl, a finnau'n sownd yn fy llofft yn gorfod ysgrifennu dyddiadur da i ddim. Dydy bywyd ddim yn deg.

②

Annwyl Mr Rowlands,

Mae Lisa, fy chwaer, yn fy ngyrru i'n wirion bost.

Wn i ddim os ydach chi'n gyfarwydd efo merched pymtheg oed. Os na, diolchwch. Dydyn nhw ddim 'run fath â chi a fi. Maen nhw'n cwyno am bob dim dan haul, yn swnian fel plant bach, yn gadael eu hôl – colur, persawr, cylchgronau – dros bob man.

Y peth gwaethaf ydy fod Lisa'n ymddangos yn hyfryd i bawb o'r tu allan. Pan fydd ei ffrindiau yma, bydd hi'n wên i gyd ac yn glên efo fi. Mae hi'n gweini byrddau mewn caffi bach ar y stryd fawr bob dydd Sadwrn – Caffi Gwaelod ydy enw'r lle – a dwi wedi ei gweld hi yno, yn gwenu'n ddel ar y cwsmeriaid ac yn swyno pawb sy'n galw yno am baned neu damaid o fwyd.

Ond pan mai dim ond ni'r teulu sydd yn y tŷ, mae gwên Lisa'n diflannu ac mae hi'n dechrau gwgu. Cau drysau'n glep ar ei hôl, a gweiddi arna i, a threulio oriau maith yn ei hystafell wely ar ei phen ei hun.

'Un dda ydy Lisa ni,' meddai Dad wrtha i ryw dro. 'Mae hi'n treulio oriau ac oriau yn ei llofft yn gwneud ei gwaith cartref.'

'Ond sut rydach chi'n gwybod ei bod hi'n gwneud ei gwaith cartref? Falla 'i bod hi ar y we yn sgwrsio efo'i ffrindiau.' Edrychodd Dad arna i fel petawn i wedi rhegi.

'Achos, Huw, mae'n rhaid bod Lisa'n gweithio'n

galed. Mae hi'n cael A ym mhob pwnc yn yr ysgol.'
Ysgydwodd ei ben. 'Wn i ddim pam mae rhaid i ti dynnu'n
groes iddi o hyd. Mi fasat ti'n medru dysgu gwersi gan
Lisa.'

A dyna i chi broblem ein tŷ ni.

Dydw i ddim eisiau i chi feddwl fod pethau'n
hollol annheg, Mr Rowlands. Ia, Lisa ydy ffefryn Dad, ond
byddai Lisa'n dadlau mai fi ydy ffefryn Mam. Efallai fod
ganddi bwynt. Yn yr un ffordd ag y mae Dad yn brolio Lisa
o hyd, mae Mam yr un fath efo fi. Tasa Mam wedi bod yn y
cyfarfod yna efo chi a fi a Dad, er enghraifft, mi fyddai hi
wedi dweud ei bod hi'n falch fod gen i ddychymyg byw, ac
oes, mae angen i mi ganolbwyntio'n well, ond fod meddwl
bywiog yn bwysicach na gwybod fy nhabl saith.

Yn anffodus, ers i Mam ddechrau gweithio'r shifft
nos yn y cartref henoed, dwi ond yn ei gweld hi yn y bore,
pan dwi ar fy ffordd i'r ysgol a hithau ar ei ffordd i'r
gwely, neu amser swper, pan fydda i ar fy ffordd i 'ngwely
a hithau ar ei ffordd i'w gwaith. Felly, prin dwi'n cael
amser efo Mam – ddim amser go iawn. Hyd yn oed pan mae
hi'n cael diwrnod i ffwrdd, sy'n digwydd ddwywaith yr
wythnos, mae hi'n rhy flinedig i wneud rhyw lawer. A beth
bynnag, mae'n rhaid iddi gadw at y patrwm o gysgu yn
ystod y dydd ac aros ar ei thraed yn ystod y nos, rhag iddi
ddrysu.

Cofiwch chi, mae hyd yn oed Mam yn meddwl bod
Lisa'n angel. Ond mae Mam yn sôn amdani mewn ffordd
hollol wahanol i Dad. Pan fydd Dad yn sôn am y prosiect
daearyddiaeth anhygoel wnaeth Lisa, neu'r traethawd
hanes hollol wych ysgrifennodd hi, mae'n swnio fel petai
o'n trio dweud 'mod i ddim yn ddigon da. Mae Mam yn
gwneud yn siŵr ei bod hi'n rhannu canmoliaeth yn deg.

Dad: Glywaist ti am Lisa'n sgorio cais yn y gêm rygbi bnawn ddoe? Roedd hi'n wirioneddol anhygoel; dwi'n siŵr fod ganddi ddyfodol mewn chwaraeon. Biti garw nad wyt ti'n licio rygbi, Huw.

Mam: Dwi'n falch iawn o Lisa am sgorio cais yn y gêm rygbi. A Huw, dwi'n falch iawn o'r stori ysgrifennaist ti am fwystfilod yn dringo allan o doiledau'r ysgol, hefyd. Da iawn, y ddau ohonoch chi.

Ydych chi'n gweld y gwahaniaeth?

Dros frecwast heddiw y digwyddodd o. Roedd Mam newydd fynd i'w gwely ar ôl ei shifft, a finnau'n eistedd wrth y bwrdd yn fy mhyjamas. Roeddwn i'n gwneud brechdan i mi fy hun, er bod Dad, oedd yn eistedd wrth y bwrdd yn darllen papur newydd ac yn yfed coffi, wedi trio dadlau am hynny.

'Brechdan i frecwast?'

'Ia.'

'Fedri di ddim cael cornfflêcs? Neu dost?'

'Mae brechdan yn union yr un fath â thost. Tost heb ei grasu.' Ochneidiodd Dad, ond roeddwn i'n gwybod 'mod i wedi ennill y ddadl honno. Roeddwn i wrthi'n llwytho menyn cnau a mêl ar y bara pan ruthrodd Lisa i mewn yn ei gwisg Caffi Gwaelod – du i gyd – a'i gwallt i fyny mewn pêl ar gefn ei phen.

'Mae'n rhaid i mi frysio,' meddai Lisa, a nôl pecyn o greision o'r cwpwrdd. 'Mi fydda i'n hwyr i'r gwaith.'

Arhosais i Dad ddweud y drefn am fod creision yn frecwast

gwael i rywun oedd yn mynd i fod yn gweithio'n galed drwy'r dydd. Ond y cyfan wnaeth o oedd estyn i'w boced am bapur decpunt a'i basio at Lisa.

'Dy bres poced di, pwt.' Wel. Roedd o'n teimlo fel petai o'n ei wneud o'n unswydd i fynd ar fy nerfau i. Dydw i ddim yn un da am guddio 'nheimladau, wyddoch chi, a methais beidio ag ochneidio'n uchel.

'Rhywbeth i'w ddweud, Huw?'

'Mae Lisa'n cael pres poced *a* chyflog am weithio yn Caffi Gwaelod!' cwynais. 'Dydy o ddim yn deg!'

'A phan fyddi di'n bymtheg, mi gei dithau chwilio am joban penwythnos. Ac os bydd dy adroddiadau gystal â rhai Lisa erbyn hynny, mi gei di bres poced hefyd.' Y tu ôl i Dad, gwenodd Lisa arna i – hen wên greulon, hyll. Roedd hi wrth ei bodd.

'Dwi'n gweithio'n galed i ennill fy mhres, Huw,' meddai. Doedd o ddim yn wir. Un glyfar iawn ydy Lisa. Does dim rhaid iddi drio'n galed yn yr ysgol. Mae'n un o'r bobl brin yna sy'n gallu cael graddau A yn yr ysgol heb weithio rhyw lawer.

Ar ôl i Lisa adael, meddai Dad, 'Wrth gwrs, mi allet ti ddechrau ennill pres, os gwnei di ambell beth i mi o gwmpas y tŷ.'

'Fel be'? Golchi'r llestri?' Cododd Dad ael arna i.

'Na. Mae'n rhaid i ti wneud hynny beth bynnag. Dyna dy ffordd di o ddiolch i Mam a fi am wneud bwyd i ti.' Mi allwn i fod wedi wedi cwyno am safon coginio Dad, ond roedd hi'n saffach dweud dim.

'Mae angen glanhau 'nghar i, y tu mewn a'r tu allan. Tasat ti'n gwneud hynny bore 'ma, ac yn gwneud joban go lew, mi fyddwn i'n dy dalu di.' Mae'n rhaid i mi gyfaddef, Mr Rowlands, i mi ddechrau teimlo'n well pan ddywedodd o hynna. Roedd gen i ofn y byddai'n gofyn i mi dorri'r lawnt neu lanhau'r hen ddail o'r draeniau ar y to. Roedd Dad yn cadw'i gar yn reit lân beth bynnag. Doedd o ddim fel car Mam, oedd wastad yn llanast o CDs a phapurau da-da a hen docynnau parcio.

'Iawn,' cytunais, cyn mynd i newid o 'mhyjamas.

Rhaid i mi gyfaddef bod 'na rywbeth braf am gyflawni rhywbeth mor gynnar ar fore dydd Sadwrn. A doedd dim ots gen i dorchi fy llewys a thynnu sbwnj dros baent coch y car, cael gwared ar bob budreddi a baw.

Safodd Dad yn y ffenest yn fy ngwylio i.

Ydach chi'n cofio'r adeg yna tymor diwetha', Mr Rowlands, pan wnaethoch chi ddweud yn uchel wrth y dosbarth i gyd: 'Mae dychymyg Huw wedi mynd ag e i berlewyg eto'? Roeddwn i wedi dechrau meddwl am rywbeth – pa fath o gar fydda i'n ei yrru pan fydda i'n hŷn, os dwi'n cofio'n iawn. Ac roeddwn i wedi ymgolli'n llwyr yn fy meddyliau, a ddim yn clywed y wers o gwbl. Wel, mi chwarddodd y plant eraill i gyd pan ddywedoch chi hynna, digon i 'neffro i. 'Be'?' medda fi, a gwnaeth hynny i bawb chwerthin yn uwch.

'Roedd dy ddychymyg wedi mynd â thi i berlewyg eto, Huw,' meddech chi, a chwarddodd y dosbarth yn uwch eto. Maen nhw'n actio fel ffyliaid weithiau, yn dydyn? Achos mi fedra' i ddweud efo fy llaw ar fy nghalon nad oedd gan un o'r plant syniad yn y byd beth oedd 'perlewyg' yn ei feddwl, ac eto, roedden nhw'n dal i chwerthin. Fi oedd yr unig un oedd yn ddigon dewr i ofyn, 'Be' ma' hynny'n ei feddwl?'

'Mae perlewyg yn rhyw fath o hanner-llewygu braf. Fel petai meddwl rhywun yn rhywle arall yn gyfan gwbl.' Er 'mod i'n flin efo chi ar y pryd – roedd pawb yn gweiddi 'Perlewyg!' arna i mewn sbort am wythnosau ar ôl hynny – dydw i ddim wedi anghofio'r gair. Rydw i'n licio'i sŵn o, am ryw reswm. A bob tro bydda i'n dechrau ymgolli mewn breuddwyd neu ffantasi, dyna fydda i'n ei feddwl – perlewyg.

Beth bynnag, tra oeddwn i'n golchi'r car, mi ddechreuais feddwl mor hawdd fydda fo i wneud busnes bach o olchi ceir. Roedd o'n waith digon hawdd, ac roedd 'na ddigon o wylanod a cholomennod o gwmpas y lle yn baeddu ceir i gadw'r busnes yn brysur. Byddwn i'n gallu argraffu posteri a'u rhoi nhw mewn siopau lleol, a threulio 'mhenwythnosau yn mynd o dŷ i dŷ ...

Wel, mi es i i berlewyg llwyr, Mr Rowlands. Fel hyn aeth y stori yn fy mhen:

Roeddwn i'n hen ... yn 18, o leiaf. Roedd y busnes golchi ceir roeddwn wedi'i ddechrau pan o'n i yn yr ysgol gynradd wedi tyfu'r tu hwnt i bob disgwyl, ac erbyn hyn, doedd dim rhaid i mi godi sbwnj o gwbl. Roedd gen i ddegau o bobl yn gweithio i mi, yn golchi ac yn glanhau ceir o Dywyn i Fachynlleth i Ddolgellau, ac roeddwn i ar fin ymestyn fy musnes i gynnwys Bangor a Chaernarfon. Roedd gen i fy nghar fy hun, un bach crand, melyn llachar, oedd yn cael ei lanhau o leiaf unwaith yr wythnos gan un o fy ngweithwyr. Roedd y rhan fwyaf o'r plant fuodd yn fy nosbarth i yn yr ysgol yn cenfigennu wrtha i. Roedden nhw'n dal yn yr ysgol, ond roeddwn i wedi gadael er mwyn gofalu am fy musnes, a'r miloedd o bunnau yn fy nghyfrif banc.

Un diwrnod, daeth Dad ata i. Roeddwn i'n byw yn fy fflat fy hun erbyn hynny, un o'r rhai mawr, crand yna ar lan y môr, o fewn cyrraedd i'r siop oedd ar agor drwy'r nos a'r siop jîps.

'Huw,' meddai Dad yn nerfus. 'Meddwl ro'n i, tybed fyddwn i'n cael benthyg pumpunt ...?' Gwenais yn llydan. Ew, roeddwn i wedi mynd yn ddel hefyd. Roedd fy llygaid hyd yn oed yn fwy glas nag o'r blaen. 'Mae'n ddrwg gen i. Dydw i byth yn rhoi benthyg pres i unrhyw un.' Agorodd ceg Dad mewn siom.

'Ond Huw...'

'Tasach chi wedi rhoi pres poced i mi y tro hwnnw ges i adroddiad yn dweud 'mod i'n rhy freuddwydiol,' atebais yn bendant, 'efallai y byddwn i'n cysidro'ch helpu chi. Ond mae'n ddrwg gen i, na ydy'r ateb.'

'Huw! HUW!' Torrodd llais Dad ar draws fy mreuddwyd. Roeddwn i 'nôl o flaen ein tŷ ni, a'r car yn cael golchiad ei fywyd. Rhaid bod Dad wedi bod yn fy ngwylio i drwy'r ffenest.

'Rwyt ti 'di bod yn rhwbio'r car 'na ers hydoedd! Fydd 'na ddim paent ar ôl arno!' Ochneidiais. Dyna'r perlewyg hwnnw wedi mynd heibio. Fyddai o byth yn gweithio, beth bynnag. Taswn i'n gwneud fy ffortiwn yn glanhau ceir, byddai Dad yn siŵr o gymryd y clod a dweud, *'Fyddai o byth wedi dechrau glanhau ceir heblaw 'mod i wedi rhoi'r syniad yn ei ben*!'

Ar ôl i mi olchi'r trochion sebon oddi ar y car, agorais y drysau ac ymestyn yr hwfyr. Roeddwn i heb hwfro car o'r blaen, a wyddwn i ddim fod carped car yn trio dal yn dynn ar bob un darn bach o bob dim, fel petai ganddo'i feddwl ei hun. A'r corneli bach doedd yr hwfyr ddim yn ffitio ynddyn nhw!

Mi lwyddais i gael y cerrig mân a'r hen fflwff i gyd o 'na yn y diwedd, ond doedd hynny ddim yn ddigon. O, nac oedd. Roedd Dad eisiau i mi godi'r llwch hefyd.

Wna' i ddim mynd 'mlaen a 'mlaen am faint o drafferth oedd glanhau'r car yna. Roeddwn i'n drylwyr – fedrwn i ddim dioddef i Dad ddod allan i'w weld o wedyn a phigo beiau. Felly erbyn i mi orffen, roedd o fel newydd. Roeddwn i hyd yn oed wedi rhoi ei CDs yn nhrefn yr wyddor.

Wnaeth o ddim cwyno, chwaith. Dim ond edrych, a thynnu bys dros y plastig i weld a oedd y llwch i gyd wedi mynd. O'r diwedd, mi ddywedodd o, 'Da iawn.' Ond rydych chi'n medru clywed yn llais rhywun pan dydyn nhw ddim wir eisiau dweud rhywbeth clên, fel petai'n brifo i ddweud y geiriau.

Yna, estynnodd Dad i'w boced am ei waled.

Roeddwn i wedi hanner meddwl, 'dach chi'n gweld, wrth i mi dreulio awr a hanner yn glanhau'r car mor berffaith ag y gallwn i, y byddwn i'n medru ffonio Rhun wedyn, a threfnu mynd i'r dref efo fo. Dyna fyddan ni'n ei wneud ar ddydd Sadwrn fel arfer – mynd i'r siop gêmau i wario'n pres poced, neu dreulio'r pnawn yn y sinema. Dydy Rhun ddim yn cael pres poced bob wythnos fel y rhan fwyaf o bobl. Mae o'n cael pres bron bob dydd. Ac mae ei fam a'i dad o'n gyfoethog, hefyd, felly mae o'n cael llawer mwy na fi.

Beth bynnag, wrth i Dad estyn am ei bres i 'nhalu i, roeddwn i'n creu cynllun yn fy mhen. Edrychais i lawr ar fy oriawr yn sydyn. Roedd o'n fflachio 10.33.

10.35 Cawod. Roeddwn i'n ffiaidd ar ôl golchi'r car.
10.45 Newid i ddillad glân.
10.50 Ffonio Rhun.
11.00 Cerdded i dŷ Rhun i ni gael mynd i'r dref
        efo'n gilydd.

Ond chwalwyd y cynllun pan roddwyd fy mhres – fy nghyflog – yn fy llaw.

Wnewch chi byth goelio.

£5.

Ia, dyna chi. Pumpunt. Am awr a hanner o waith, gwaith caled. Edrychais o'r papur pumpunt i fyny at Dad, ac wedyn yn ôl ar yr arian. Dwi'n gwybod be' 'dach chi'n feddwl. Dylwn i fod wedi cau fy ngheg. A 'dach chi'n iawn! Yn hollol iawn. Ond fedrwn i ddim.

'Pumpunt!?' Gwasgodd Dad ei wefusau at ei gilydd. Mae o'n gwneud hynny pan fydd o'n flin.

'Oes 'na broblem?'

'Pumpunt am awr a hanner o waith?'

'Doeddwn i ddim yn disgwyl iddo fo gymryd mor hir â hynny.'

'Ond ... Mae o fel newydd! Mi wnes i joban dda!'

'Do, mi wnest ti.'

'Dydy o ddim yn deg!' Ac i mewn â mi i'r tŷ yn rhegi dan fy ngwynt. Roedd 'na gymaint mwy y byddwn i wedi gallu ei ddweud, Mr Rowlands, ond doedd colli fy nhymer ddim yn mynd i helpu.

Felly mi ddois i fyny'r grisiau, cau drws fy llofft yn glep ar fy ôl, ac yma rydw i byth. Does dim pwynt ffonio Rhun i fynd i'r dref. Be' fedra i ei brynu efo pum punt? Felly, yn wahanol i'r arfer, mae hi'n bnawn Sadwrn, a dwi wedi gorffen fy ngwaith cartref, wedi darllen fy llyfrau ysgol, a rŵan mae fy llaw i'n brifo ar ôl ysgrifennu'r llith yma atoch chi.

Annwyl Mr Rowlands,

Am nad oes gen i unrhyw beth arall i'w wneud, rydw i wedi gweithio allan faint o amser fyddai'n cymryd i mi gynilo i brynu gêm *Cloud Runners*.

Dyma sydd gen i hyd yn hyn:

Pres pen-blwydd:	£ 10
Pres am olchi'r car:	£ 5
	= £ 15

Mae *Cloud Runners* yn costio £44.99. Mae hynny'n golygu bod angen i mi gynilo bron i £30 arall cyn medru prynu'r gêm.

Os bydd Dad yn rhoi rhywbeth i mi ei wneud bob bore Sadwrn, fel golchi'r car neu lanhau'r ystafell 'molchi, bydda' i'n cael £5 yr wythnos. Ac mae £5 6 gwaith yn £30, sy'n golygu CHWE WYTHNOS GYFAN.

Mae o hefyd yn golygu 6 wythnos pan na fydd gen i ddigon o bres i fynd i'r dref efo Rhun, a 6 wythnos o fethu picio i'r siop ar ôl ysgol i brynu da-da. Bydd rhaid i mi gynilo *pob un geiniog*.

Roeddwn i'n trio esbonio hyn wrth Rhun yn yr ysgol heddiw. Yn y ffreutur roedden ni, yn bwyta'n ffordd drwy'n bocsys bwyd.

'Felly, i mi gael dallt yn iawn,' meddai Rhun, a'i

geg yn llawn brechdan ham. 'Mae dy dad wedi stopio dy bres poced achos dy fod di wedi cael adroddiad oedd ddim yn hollol berffaith.'

'Yndi,' atebais. 'Does gen ti ddim syniad mor lwcus wyt ti o gael rhieni fel dy rai di.'

Mr Rowlands, mi welais i be' ysgrifennoch chi yn adroddiad Rhun. Rhaid i mi gyfaddef, roedd o'n dipyn o sioc. Dwi'n gwybod fod Rhun yn gallu bod yn boen, ond fo ydy fy ffrind gorau. Roeddwn i'n meddwl fod y darn yma'n mynd braidd yn rhy bell:

> *Mae tueddiad gan Rhun i feddwl nad oes rhaid iddo weithio mor galed â phawb arall, ac yn amlach na pheidio, ni fydd wedi cwblhau ei waith cartref. Mae'n siaradus yn y dosbarth, ac yn tynnu sylw rhai o'r disgyblion eraill oddi ar eu gwaith. Bydd yn rhaid i Rhun ddechrau cymryd ei waith ysgol o ddifrif os yw e am lwyddo.*

Byddai Dad wedi mynd yn wallgof bost taswn i wedi cael adroddiad ofnadwy fel 'na. Ond mae rhieni Rhun yn wahanol. Chafodd o ddim ffrae, hyd yn oed. Yn ôl Rhun, darllenodd ei fam yr adroddiad a dweud, 'Rhun! Ydy hyn yn wir?' ac atebodd Rhun, 'Nac ydy, tydy Mr Rowlands erioed wedi fy licio i.' Felly, yn lle cael ffrae, cafodd Rhun lond bowlen o hufen iâ i wneud iddo deimlo'n well tra oedd ei fam yn ffonio'r pennaeth i gwyno nad ydach chi'n trin ei hogyn bach hi 'run fath â'r plant eraill.

Wedi meddwl, mae'n siŵr eich bod chi'n gwybod hynny. Beryg bod y pennaeth wedi sôn.

Beth bynnag, yn ôl i ffreutur yr ysgol.

'Ac mi dalodd dy dad bumpunt i ti am lanhau'r car,

y tu mewn a'r tu allan?' holodd Rhun, ac ysgwyd ei ben mewn diflastod wrth fy ngweld i'n nodio. 'Ofnadwy.'

'Ac mae o a Mr Rowlands wedi dweud fod rhaid i mi ddechrau ysgrifennu'r llythyrau 'ma, er mwyn gwella fy llawysgrifen a ballu ...'

'Llythyrau? At bwy?'

'Wel, dywedodd Mr Rowlands fod dim ots, am nad llythyrau i'w postio ydan nhw.'

'Dydy'r boi ddim yn hanner call.' (Sori, Mr Rowlands, ond dyna oedd ei eiriau fo.) 'Be' ydy pwynt ysgrifennu llythyr os nad wyt ti am ei anfon o?'

'Roedd o'n dweud bod ysgrifennu llythyrau'n haws nag ysgrifennu dyddiadur, weithiau. Mi fuodd o'n gwneud yr un fath efo un o'i athrawon o, ac roeddan nhw'n hollol breifat, gan nad anfonodd o nhw byth ato.'

'Felly does neb yn darllen y llythyrau 'ma rwyt ti'n eu hysgrifennu?' gofynnodd Rhun.

'Nac oes. Maen nhw i gyd mewn llyfr nodiadau yn fy llofft i.'

'Ond os oes neb yn eu darllen nhw, fyddan nhw ddim callach os wyt ti'n eu hysgrifennu neu beidio! Felly mi gei di roi'r gorau iddi. Jest dwed wrth dy dad a Mr Rowlands dy fod di'n eu hysgrifennu nhw bob nos.'

Cytunais â Rhun ar y pryd. Ond wyddoch chi be' sy'n od? Ar ôl dod adref heno, a chael brechdan jam a gwneud fy ngwaith cartref gwyddoniaeth, doedd gen i ddim awydd chwarae gêm. Roedd hi'n bwrw, felly doeddwn i ddim eisiau mynd allan i weld a oedd unrhyw un o gwmpas yn y parc. Roedd Lisa'n gwylio rhyw rwtsh ar y teledu. Ac felly mi ddois i fyny'r grisiau, a dechrau ysgrifennu hwn atoch chi.

4

Annwyl Mr Rowlands,

Ga' i fod yn onest efo chi?

Waeth i mi fod. Fyddwch chi ddim yn darllen hwn beth bynnag, felly mi ga' i ddweud be' licia i heb boeni.

Roedd thema'n dosbarth ni tymor diwetha' yn ofnadwy. Na, wir. Dwi ddim yn meddwl bod ein blwyddyn ni wedi cael thema mor wael ers i ni wneud 'Y Môr' efo Miss Jones ym Mlwyddyn Un, pan ddaeth Noa Evans â physgodyn wedi marw i'r dosbarth a gwneud i'r ysgol gyfan ddrewi.

Thema'r tymor diwetha' oedd 'Y Byd'. Doedden ni ddim yn gwybod lle i ddechrau. Mae'r byd yn golygu pob dim, fwy neu lai, heblaw am yr haul a'r sêr a'r gofod. Pan ddois i adref ar ddiwrnod cyntaf y gwyliau a dweud wrth Dad fod rhaid i mi wneud prosiect ar y byd, aeth ei lygaid o'n fawr a dywedodd, 'Wel, mae hynny'n amhosib. Byddi di yma tan ddiwedd amser yn trio cofnodi pob dim am y byd.'

Ond rydach chi wedi gwneud yn llawer gwell y tymor yma.

'Cartrefi' ydy'r thema, ac mae'n berffaith. Rydyn ni'n cael edrych ar y gwahanol fathau o gartrefi dros y byd, fel iglŵs a chytiau clai. Ond fy hoff ran i oedd heddiw, pan gawson ni fynd ar y we.

'Porwch ar wefannau gwerthu tai lleol. Rwy' isie i chi weld pa fath o dai sydd ar werth yn yr ardal, a beth yw eu pris nhw.' Roedd yn grêt, fel tasech chi wedi rhoi esgus i ni fusnesu yn nhai pobl eraill. A wyddoch chi be' oedd yn ddiddorol? Mor wahanol oedd y tai yn ein stryd ni.

Roedd 'na rai – y rhai rhataf – yn llai na'n tŷ ni, â dwy lofft yn lle tair, cegin fach a fawr ddim gardd yn y cefn. Doedd 'na ddim tai fel ein tŷ ni ar werth – tair llofft, gardd go lew o fawr a digon o le lawr grisiau. Ond roedd 'na un, y tŷ mawr ar y gornel, oedd â phum llofft, tair ystafell molchi, a gardd anferth â choed afalau a gellyg ynddi.

Ac yna, ar sgrin y cyfrifiadur, mi welais i o.

Y tŷ.

Wel, prin y medrwch chi ei alw fo'n dŷ, a dweud y gwir. Roedd o'n debycach i blasty. Er 'mod i wedi cerdded heibio i'r lle ganwaith, roeddwn i heb weld y tu mewn erioed o'r blaen.

Saif Plas Neifion ar bromenâd Tywyn, a golygfeydd o'r môr ar y naill ochr, a Chadair Idris a'r bryniau ar yr ochr arall. Mae'n dŷ 8 llofft, a chanddo ystafell gêmau, pedair ystafell ymolchi a sinema breifat. Cafodd ei gadw fel gwesty tan yn ddiweddar, a denu ymwelwyr enwog o bob cwr o'r byd.

Dyna roedd o'n ei ddweud ar y wefan. Roedd y lluniau'n anhygoel – ystafelloedd anferth, crand, a ffenestri mawr yn sbïo dros y môr. Roedd yn ddigon i fy anfon i berlewyg arall ...

Roeddwn i yn fy ugeiniau cynnar, ac, wrth gwrs, yn gyfoethog ac yn boblogaidd iawn. Wedi hen flino ar fyw efo Dad, roeddwn i wedi symud allan o gartref ac wedi prynu Plas Neifion. Ew! Roedd o bron yn ddigon mawr i mi fynd ar goll ynddo fo. Bob nos, byddai fy ffrindiau'n dod acw i wylio ffilm yn y sinema yn y selar. Roedd gen i bob math o bop a pheiriant popcorn, a doedd neb yn gorfod talu ceiniog.

Ar ddiwrnodau braf, byddwn i'n cynnau'r barbeciw yn yr ardd - neu falla byddwn i'n talu i rywun wneud y barbeciw, gan eu bod nhw wastad wedi edrych braidd yn beryg i fi - a byddwn i'n camu i lawr y llwybr i'r traeth. Meddyliwch am wneud hynna! Byw dau gam o'r traeth! Erbyn hynny, byddwn i wedi dysgu syrffio'n anhygoel o dda, a byddai fy ffrindiau'n sefyll ar y traeth yn cymeradwyo wrth i mi reidio'r tonnau. Wedyn, ar ôl i mi flino, byddai'r byrgyrs a'r selsig yn barod ar y barbeciw, a byddai llwyth o bop a da-das, a'r creision yna sy'n dod mewn tiwb ...

Roeddwn i newydd ddechrau ar fy hufen iâ blas ceirios pan ganodd y gloch ar gyfer amser chwarae, a deffrois o 'mreuddwyd.

Mae hyn yn swnio'n rhyfedd iawn i chi, mae'n siŵr, yn dydy? Roeddwn i'n arfer meddwl bod pawb yn ei wneud o - yn gallu dychmygu mor anhygoel oedd y dyfodol yn mynd i fod, a chynllunio'n fanwl ar ei gyfer. Gweld eu hunain fel maen nhw eisiau bod, fel petaen nhw'n gwylio ffilm yn eu meddwl. Ond yn ddiweddar, dwi wedi sylwi nad ydy pawb yn gwneud hyn. Darluniau bras o'r hyn mae nhw ei eisiau sydd gan y rhan fwyaf o bobl, ond nid fi. Pan dwi'n dechrau breuddwydio, Mr Rowlands, dwi'n gweld popeth mor glir.

Ac fel yna roeddwn i heddiw. Mi fedrwn i arogli'r polish yn fy nhŷ mawr, crand, teimlo'r haul ar fy nghroen a blasu'r byrgyrs. Roedd o mor fyw nes i mi deimlo syndod o weld 'mod i, mewn gwirionedd, yn dal i fod yn eich dosbarth chi, yn eistedd o flaen cyfrifiadur yn sbïo ar wefan gwerthu tai.

Ar ôl amser chwarae, eisteddodd pawb wrth eu desgiau a throi i'ch wynebu chi yn y blaen. Roeddech chi wedi colli coffi dros eich crys, ac roedd staen brown i lawr y blaen. Dwi'n hoffi'r ffaith eich bod chi mor flêr, Mr Rowlands. Dydach chi ddim yn smwddio'ch crysau'n berffaith fel yr athrawon eraill, a dydy'ch gwallt chi byth yn edrych yn daclus iawn. A dweud y gwir, rŵan 'mod i'n meddwl am y peth, chi ydy'r gwrthwyneb i Dad. Dydy o ddim yn gadael y tŷ heb wneud yn siŵr ei fod o'n edrych fel pin mewn papur, ac mae o'n sgleinio'i sgidiau bob bore cyn mynd i'r gwaith.

'Nawr, ry'ch chi i gyd wedi cael cyfle i bori gwefannau gwerthu tai. Mae gen i brosiect arbennig i chi. Estynnwch eich llyfrau Mathemateg, os gwelwch yn dda.'

O, grêt, meddyliais yn bwdlyd. Jest pan o'n i'n dechrau cael hwyl, roedd rhaid i chi ddod â mathemateg i mewn iddo. Dwi'n casáu mathemateg. Rydych chi'n gwybod hynny.

Ond yn lle ysgrifennu symiau ar y bwrdd gwyn, mi ddywedoch chi, 'Dwi eisiau i chi ddewis un o'r tai oedd ar werth. Eich hoff dŷ chi – rhywle tebyg i'r lle yr hoffech chi fyw ynddo pan fyddwch chi'n hŷn. Rydw i am i chi ddod o hyd i'r dudalen ar y we, ac ysgrifennu enw neu rif y tŷ a faint mae'n ei gostio.'

Doedd dim rhaid i mi fynd yn ôl at y wefan. Tra oedd y lleill yn dychwelyd at y cyfrifiaduron, roedd enw a phris cartref fy mreuddwydion wedi eu serio ar fy nghof.

Ysgrifennais, mor daclus ag y medrwn i:

Plas Neifion   £850 000

Nid fi oedd yr unig un ddewisodd Plas Neifion. Roedd dau neu dri arall wedi mynd amdano. Dewisodd naw o'r plant, gan gynnwys Rhun, blasty ar gyrion coedwig yn ymyl Llanegryn (£895 000). Roedd rhai eisiau tŷ mawr yn Aberdyfi (£795 000), ac roedd dwy eisiau fferm ar gyrion y dref oedd â stablau mawr a digon o le i ddeg ceffyl (£695 000). Yr unig un ddewisodd dŷ oedd ddim yn anferth ac yn grand oedd Helena. Roedd hi eisiau'r tŷ drws nesaf i'r un lle'r oedd hi'n byw rŵan, er mwyn iddi fedru gweld ei mam a'i chi bob dydd.

'Rwyt ti'n ffŵl,' meddai Rhun. 'Tasat ti'n byw mewn plasty, mi fasa 'na ddigon o le i ti a dy fam a llond tŷ o gŵn. Mi fasa dy gi di'n medru cael ei stafell molchi ei hun!'

'Nawr 'te, beth am i ni drafod prisiau'r tai yma? Beth am ddechrau gyda ... Huw. Ble dewisaist ti?'

'Plas Neifion.'

'A beth yw pris Plas Neifion?'

Wyddoch chi be' ydy'r teimlad gwaethaf yn y byd, Mr Rowlands? Teimlad gwaeth na ffraeo efo Lisa, neu fynd yn sâl y noson cyn diwrnod trip ysgol? Yn waeth na'r olwg roddodd Dad i mi ar ôl iddo ddarllen fy adroddiad?

Teimlo'n dwp.

Achos y gwir oedd, doeddwn i ddim yn gwybod sut i ddweud 850 000.

'Wyth-pump-dim-dim-dim-dim,' meddwn yn dawel.

'Dwyt ti ddim yn anghywir, Huw,' meddech chi gyda gwên. 'Ond oes rhywun arall eisiau rhoi cynnig arni?'

'Wyth gant a phumdeg cant?'

'Wyth mil a hanner?' Ac o'r diwedd, dywedodd Helena (sy'n wych am wneud Mathemateg, fel y gwyddoch chi), 'Wyth cant a phum deg mil.'

'Cywir,' meddech chi. 'Nawr, meddyliwch am funud. Pam mae e mor anodd i chi ddarllen y rhif yna, ry'ch chi'n meddwl?'

'Am ei fod o mor fawr!' atebodd rhywun, 'Chwe digid!'

'Cywir! Mae wyth cant a phum deg mil yn ofnadwy o ddrud. Yn fwy o arian nag y bydd y rhan fwyaf ohonon ni'n ei weld drwy'n bywydau. Mae e'n rhif mor fawr, bron nad y'n ni'n gallu meddwl amdano'n iawn.'

Dyfalais, wedyn, i ba gyfeiriad roeddech chi'n mynd efo'r wers. Ac yn wir, meddech chi, 'Faint rydych chi'n meddwl y byddai'n ei gymryd i rywun fel fi dalu am dŷ fel 'na?'

'Mae'n dibynnu faint o bres sydd gennych chi,' atebodd Rhun. Roedd hynny braidd yn bowld, yn fy marn i, a doeddwn i ddim yn siŵr a fyddai'n eich gwylltio chi.

'Yn union, Rhun!' Roedd pawb yn disgwyl i chi ddweud, wedyn, faint o bres sydd gennych chi, ond wnaethoch chi mo hynny. Troi yn ôl ata i wnaethoch chi.

'Be' fyddet ti'n licio'i wneud pan wyt ti'n hŷn, Huw? Pa fath o swydd yr hoffet ti ei wneud?'

'Gweithio yn y siop gêms yn y dref,' atebais yn bendant. Dyna oedd fy nghynllun wedi bod ers blynyddoedd.

'Rhun?'

'Chwarae rygbi.'

Roedd rhai yn y dosbarth eisiau bod yn filfeddygon, un eisiau bod yn blismon, a thua hanner eisiau bod yn athrawon (wel, dyna roeddan nhw'n ei ddweud. Roeddwn i'n meddwl fod hynny'n annhebygol. Falla mai trio'ch plesio chi roedden nhw). Roedd Helena eisiau bod yn llyfrgellydd, am mai yn y llyfrgell mae ei mam yn gweithio, ac roedd hi eisiau bod efo'i mam. Rholiodd Rhun ei lygaid pan glywodd o hynny.

'Eich gwaith cartref chi heno yw darganfod tua faint gewch chi'ch talu bob blwyddyn os cewch chi'r swydd rydych chi wedi sôn amdani. Does dim rhaid iddo fod yr union swm, cofiwch.'

'Ond ble gallwn ni ffeindio peth felly?' gofynnodd Rhun mewn diflastod.

'Ar y we, wrth gwrs. Nodwch y ffigwr yn eich llyfrau gwaith cartref, a dewch â nhw i mewn dydd Gwener i ni gael trafod y peth.' Roedd o'n swnio mor hawdd. Dim un sym!

'Mae o wedi ei cholli hi, o'r diwedd,' meddai Rhun wrth i ni gerdded adref. 'Ro'n i'n gwybod ei fod o'n mynd i ddigwydd yn hwyr neu'n hwyrach. Roedd yr arwyddion i gyd yna.'

'Be' ti'n feddwl?' gofynnais.

'Mr Rowlands. Ddim gwaith cartref go iawn ydy chwilio ar y we i weld faint mae chwaraewr rygbi'n cael ei dalu, Huw. Tri munud o waith ydy o.' Gwenodd yn llawen. 'Mae hyn yn grêt. Dwi'n casáu gwaith cartref Maths fel arfer.'

Mae'n siŵr eich bod chi'n gwybod wrth i chi osod y

gwaith cartref ei fod yn anoddach nag roedd o'n edrych i ddechrau. Ar ôl i mi fynd adref a chael bar o siocled a chan o bop, eisteddais wrth y cyfrifiadur er mwyn chwilio faint roedd rhywun yn ei ennill yn gweithio mewn siop gêmau.

Dyna le'r oeddwn i hanner awr yn ddiweddarach pan ddaeth Dad adref o'i waith.

Mae'n bosib dweud sut ddiwrnod mae Dad wedi ei gael yn y gwaith dim ond o edrych ar ei dei. Mae o'n gwisgo tei bob dydd. Mae'r rhan fwyaf ohonyn nhw'n las, ac yn streips neu'n ddotiog. Dyna bydda i a Lisa'n ei brynu iddo bob Nadolig ac ar ei ben-blwydd – tei, siocled Turkish Delight a photel o hylif sebon arogl lemon i'r gawod. Dwi'n siŵr fod ganddo tua hanner cant o deis erbyn hyn.

Dyma arwyddocâd tei Dad pan mae'n dod adref:

1) Y Tei Tyn
   Mae'r tei'n dal yn daclus ac yn dwt am ei wddf, yn union fel roedd o pan adawodd Dad i'r gwaith y bore hwnnw. Os ydy tei Dad fel hyn, mae'n golygu ei fod o wedi cael diwrnod gwael yn y gwaith, ac yn gorfod gwneud gwaith gartref gyda'r nos.

2) Y Tei Agored
   Mae'r tei wedi ei ddatglymu ac yn crogi bob ochr i'r coler. Mae hyn yn golygu bod Dad wedi cael diwrnod da yn y gwaith, ac na fydd o'n gweithio o gwbl ar ôl dod adref.

3) Dim Tei
   Dyma sy'n digwydd pan mae Dad yn cael diwrnod penigamp. Mae o'n tynnu ei dei yn

y car ar y ffordd adref ac yn ei daflu i'r sedd gefn. Mae hyn ond yn digwydd rhyw unwaith y mis, ond mae'n grêt. Yn aml, mae'n golygu bod Dad yn dod adref â bar o siocled neis neu bizza i swper i ni.

4) Tei Llac

Mae'r tei wedi ei lacio ond heb ei agor, mae hyn yn arwydd drwg. Mae'n golygu bod Dad yn methu penderfynu a ydy o wedi cael diwrnod da neu ddiwrnod gwael, a dydy o ddim yn sicr a ddylai o weithio gyda'r nos neu beidio. Pan fydd o fel hyn, dwi'n teimlo ei fod o'n chwilio am rywbeth yn y tŷ i wneud iddo deimlo un ai'n well neu'n waeth. Dydw i byth yn siŵr beth i'w ddisgwyl pan fydd tei Dad yn llac.

'Be' ti'n ei wneud ar y cyfrifiadur yna?' meddai Dad pan ddaeth o i mewn.

Edrychais dros fy ysgwydd.

Roedd ei dei o'n llac.

o na!

'Gwaith cartref,' atebais.

Ochneidiodd Dad. Dydy o ddim yn licio pan 'dach chi'n gosod gwaith cartref i ni sy'n cynnwys pori'r we. Mae o'n dweud nad ydy teipio cwestiwn mewn bocs chwilio yn dysgu unrhyw beth o werth i unrhyw un.

'Pa fath o waith cartref?'

'Mathemateg.' Ochneidiodd Dad yn uwch.

'Gwneud syms ar y we! Doedden ni ddim hyd yn oed yn cael defnyddio cyfrifiannell pan o'n i yn yr

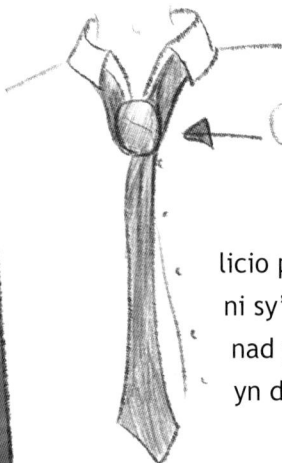

ysgol.' Arhosais yn dawel. Mae Dad yn gallu mynd 'mlaen a 'mlaen a 'mlaen wrth siarad am y dyddiau perffaith pan oedd o yn yr ysgol. Rhoddodd Dad y tegell ymlaen a rhoi bag te mewn cwpan.

'Ydy dy fam wedi deffro eto?'

'Nac ydy.' Craffodd Dad dros fy ysgwydd ar sgrin y cyfrifiadur. 'Ddim gwaith cartref Mathemateg ydy hwn!'

'Ia. Mi ofynnodd Mr Rowlands i ni pa swydd roedden ni isio'i gwneud pan fyddwn ni'n hŷn, ac wedyn dweud bod rhaid i ni ffeindio allan tua faint fyddwn ni'n ennill.'

'A be' ddwedaist ti?'

''Mod i eisiau gweithio yn y siop gêmau yn y dref.'

Ddyweda' i ddim wrthoch chi beth ddywedodd fy nhad wedyn, Mr Rowlands. Mi ddefnyddiodd o rai o'r geiriau yna nad ydan ni'n cael eu defnyddio yn yr ysgol. Dwi'n meddwl ei fod o'r farn mai chi ddylai fod yn trio penderfynu pa swyddi roedden ni'n mynd i'w gwneud, nid y ffordd arall. Dyliwn i fod wedi'ch amddiffyn chi, mae'n siŵr, ond doedd dim pwynt.

Roedd o'n ddiddorol.

Er i mi deipio 'How much do you get paid for working in a games shop?' yn y blwch chwilio, ches i fawr o lwyddiant. Roedd yr atebion i gyd mewn doleri Americanaidd. Mi ddois i o hyd i hanesion difyr am bobl yn dechrau busnesau gwerthu gêmau ac yn gwneud eu ffortiwn, ond dim byd pendant am faint oedd y tâl am weithio mewn siop gêmau.

Byddai llawer o bobl wedi rhoi'r gorau iddi. Pan ddaeth Rhun draw wedyn, dywedodd ei fod o wedi rhoi'r gorau i drio, a bod ei fam wedi gwneud y gwaith drosto. (Fyddwn i byth yn dweud hynny wrthoch chi go iawn, Mr Rowlands, achos mi fyddai Rhun yn mynd i drwbl. Ond mae'n iawn fel hyn, achos chewch chi fyth ddarllen y llythyrau yma, diolch byth.)

Ond mi wnes i rywbeth clyfar. Awgrym Lisa oedd o, chwarae teg. Mae'n rhaid ei bod hi wedi cael wythnos wych yn yr ysgol, achos roedd hwyliau da arni. 'Pam na wnei di chwilio ar wefan swyddi? Mae'n siŵr fod 'na swydd debyg yn mynd yn rhywle ym Mhrydain.' A dyna wnes i.

Tua £17 500 y flwyddyn ydy'r ateb, gyda llaw. Mi fedrwch chi brynu llawer iawn o gopïau o *Cloud Runners* am £17 500.

5

Annwyl Mr Rowlands,

Roedd nodyn yn aros amdana i ar y bwrdd bore
'ma pan godais i. Mam oedd wedi'i ysgrifennu fo, yn ei
llawysgrifen fawr, grwn.

Bore da, Huw,

*Mae gen i joban fach i ti heddiw, os wyt ti eisiau ei
gwneud hi. Mae Dad wedi sôn dy fod yn helpu o gwmpas
y tŷ am bres. Mae'n dymor plannu tatws, ac rydw i
heb gael amser i dyfu llysiau ers hydoedd. Hoffwn i ti
dynnu'r chwyn o'r patshyn blêr yn yr ardd, a'i baratoi i
gael ei blannu. Chwilia ar y we os nad wyt ti'n siŵr sut i
wneud.*

A plis tria bod yn dawel, cariad, dwi'n cysgu XXX

Plannu tatws! Mi fedrwn i wneud hynny. Mae gen
i frith gof o wneud efo Mam pan o'n i'n hogyn bach, ond
fedra i ddim cofio'r manylion. A doedd y patshyn yn yr ardd
ddim mor fawr â hynny. Fyddai hi ddim yn cymryd yn hir i
mi dynnu'r chwyn a chlirio'r lle o gerrig.

Wel, dyna roeddwn i'n ei feddwl.

Unwaith i mi ddechrau codi'r chwyn, sylweddolais gymaint ohonyn nhw oedd yna. Roedd palu'r holl ddant y llew i fyny bron â fy lladd i. Fedrwn i ddim coelio bod pobl yn mwynhau gwneud hyn!

Weithiau, rydych chi'n cwrdd â rhywun – sy'n hen, fel arfer – ac maen nhw'n dweud eu bod nhw'n licio bingo, gwasgu blodau, a garddio. Mae hyn yn gwneud i mi feddwl mai rhywbeth ysgafn, hawdd ydy garddio – torri rhosod er mwyn eu rhoi mewn fasys, neu chwistrellu planhigion efo stwff lladd pryfaid. Ond nid fel 'na mae o go iawn. Wel, nid fel 'na roedd o i mi heddiw, beth bynnag.

Rhaid i mi gyfaddef, Mr Rowlands, mai'r unig ffordd y medrwn i gario 'mlaen oedd mynd i hel meddyliau – perlewyg, fel byddech chi wedi ei alw fo.

Roeddwn i'n anturiaethwr. Er mor boblogaidd oeddwn i yng Nghymru, roedd gwleidyddion dramor wedi clywed am fy ngalluoedd garddio anhygoel, ac wedi anfon amdana i i wlad boeth, bell. Roedd 'na broblem wedi codi yno, 'dach chi'n gweld. Problem fawr.

Chwyn.

Math newydd o chwyn oedd o, tebyg i ddant y llew anferthol, oedd yn plethu ei ffordd o gwmpas pawb a phopeth. A dyma oedd y darn gwaethaf – roedd y blodau'n fyw.

Roedden nhw wedi bod yn lapio'u coesau hirion am bawb oedd yn digwydd pasio, ac yn eu tynnu, eu tynnu i lawr i'r pridd, ac yn gwthio'r trueiniaid yn ddwfn dan ddaear.

Roedd llywodraeth y wlad wedi trio popeth. Bomiau. Gwenwyn. Bwyeill. Doedd dim yn tycio. Dal i dyfu gwnaeth y dant y llew, a thynnu mwy a mwy o bobl o dan y pridd tywyll.

Dyna pan wnaethon nhw gysylltu â mi.

Roedd y chwyn yn ofnadwy, yn trio plethu o gwmpas fy nhraed a fy nwylo. Yr unig beth fedrwn i ei wneud oedd tynnu'r planhigion allan mor gyflym â phosib, gan daflu'r hen flodau'n un swp mawr ar lawr. Brwydrais i drio cael pob un allan o'r ddaear, gan ebychu'n uchel. Roedd y wlad gyfan yn dibynnu arna i!

Chwarddodd Lisa'n uchel.

Roedd hi'n sefyll yn y drws cefn yn fy ngwylio i, a phaned boeth yn ei dwylo. Mae hi wedi dechrau gwneud hyn yn ddiweddar er mwyn trio edrych yn fwy fel oedolyn – cymryd paned yn lle sudd ffrwythau neu bop. Fedra i ddim coelio bod yn well ganddi flas coffi na phop ceirios. Mae'r peth yn amhosib.

Roedd hi'n chwerthin llond ei bol arna i, wrth ei bodd. Efallai fod ganddi bwynt, hefyd. Mae'n rhaid 'mod i'n edrych yn rhyfedd iawn, yn brwydro mor galed i dynnu chwyn oedd prin yn cyrraedd fy fferau. Ond yn fy meddwl i, roedd y dant y llew bron yr un maint â choed.

Wrth gwrs, fedrwn i ddim esbonio hynny wrth Lisa. Fyddai hi byth yn deall. Felly sefais yna fel ffŵl, yn trio meddwl am esgus.

'Be' ti'n neud, Huw?' gofynnodd ar ôl iddi gael ei gwynt ati.

'Tynnu chwyn. Mae Mam isio i mi blannu tatws.'

'Ond pam rwyt ti'n ei wneud o fel 'na?' Codais fy ysgwyddau.

'Cadwa dy drwyn allan, Lisa.'

Feiddiais i ddim mynd i berlewyg eto ar ôl hynny, rhag ofn i Lisa weld. Er iddi ddiflannu ymhen ychydig i fynd i'w gwaith yn y caffi, roeddwn i wedi colli'r awydd erbyn hynny.

Roedd yn waith caled, yn enwedig ar ôl i mi gerdded yn ôl a mlaen rhwng yr ardd a'r cyfrifiadur i weld a oeddwn i'n gwneud pethau'n iawn, a darganfod wedyn 'mod i wedi troedio pridd dros y carped. Bu'n rhaid i mi ymestyn am yr hwfyr. Ond erbyn i mi orffen, roedd yr ardd gefn yn edrych yn llawer gwell, a doedd dim un blodyn dant y llew i'w weld yn unman. Roedd hi bron yn amser cinio erbyn hynny. Bûm wrthi ers bron i ddwy awr, ac roeddwn i heb blannu dim eto.

Wel, hyd yn oed taswn i wedi bwriadu mynd i'r dref efo Rhun, baswn i wedi bod yn rhy flinedig. Roeddwn i'n ffiaidd, beth bynnag, â phridd yn fy ngwallt a baw dros fy mreichiau i gyd. Bu'n rhaid i mi gael bath (gan drio anwybyddu Dad: 'Huw yn cael bath heb fod unrhyw un yn gorfod gofyn iddo wneud? Wel, wel!').

Deffrodd Mam tua chwech y noson honno. Roedd ganddi noson i ffwrdd o'r gwaith, ac edrychai'n hapus braf yn pori drwy'r papurau newydd wrth y bwrdd bwyd. Pan ddois i o'm llofft i nôl fy swper, mi wnaeth hi ffýs mawr ohona i.

'Huwi! Dwi wedi bod yn yr ardd. Wyddwn i ddim dy fod yn ffasiwn arddwr!'

'Codi chwyn wnaeth o, nid plannu ffa hud,' meddai Lisa'n biwis. Rhaid nad oedd hi wedi cael gymaint o dips ag arfer yn y caffi.

'Ond paratoi'r pridd ydy rhan bwysicaf garddio,' meddai Mam yn bendant. Doeddwn i ddim wedi sylweddoli ei bod yn gwybod cymaint am arddio. 'Mi af i nôl compost a thatws plannu i ti fory, Huwi, ac mi gei di gario mlaen. Ac os wyt ti isio plannu unrhyw beth arall – moron neu berlysiau, falla – mi fyddai hynny'n help mawr.'

Nodiais, a helpu fy hun i bowlen o'r pasta oedd yn y sosban. 'Iawn. Ga' i ddod efo chi i'r siop arddio?'

'Cei, tad. O, a chyn i mi anghofio, dyma chdi.' Estynnodd ei phwrs a phasio papur decpunt i mi.

Tan hynny, roedd Dad wedi bod yn darllen y tudalennau pêl-droed, ond siaradodd cyn gynted ag y gwelodd yr arian. 'Decpunt!'

'Ia,' meddai Mam, heb edrych arno. 'Mae o wedi gweithio fel lladd nadroedd yn yr ardd 'na heddiw, chwarae teg iddo.'

'Ond mae deg punt yn ...'

'Dwi ddim yn cofio a wnes i sôn, Huw, ond mi welais i gar Dad ar ôl i ti ei lanhau o wythnos diwetha'. Wel! Am sglein! Fyddwn i ddim wedi gallu gwneud gystal â ti. Roedd o fel newydd! Da iawn ti.'

Dydy Dad ddim yn dwp. Gwyddai mai dyna oedd yr arwydd iddo gau ei geg.

Felly, Mr Rowlands. Mae pethau'n gwella yma.

Pres pen-blwydd:	£ 10
Pres am olchi'r car:	£ 5
Pres am chwynnu'r llain datws:	£ 10
	= £ 2 5

Bron i £20 i fynd!

(6)

Annwyl Mr Rowlands,

Ydach chi'n cofio'r llynedd, pan waeddodd Gruff Jones o flwyddyn pedwar dros yr iard fod Noa Evans yn thic? Byddai'r rhan fwyaf o athrawon wedi anwybyddu hynna. Mae plant yn dweud pethau llawer gwaeth am ei gilydd. Tasech chi ond yn clywed yr enwau mae plant ein dosbarth ni'n galw ar ei gilydd y tu ôl i'ch cefn chi.

Dyna oedd yr unig dro i mi eich gweld chi'n gwylltio. Wel, ddim yn gwylltio fel yr athrawon eraill, chwaith. Dydach chi byth yn gwneud hynna. Dwi'n cofio un adeg ym mlwyddyn un pan gamodd Miss Jones i mewn i'r cwpwrdd, sgrechian nerth esgyrn ei phen, yna camu allan eto, yn wên i gyd.

Fedra i ddim dychmygu eich bod chi wedi sgrechian ers pan oeddech chi'n fabi bach.

Ond roeddech chi *yn* flin efo Gruff am ddefnyddio'r gair yna, 'thic'. Mi wnaethoch chi hel yr holl blant i flaen yr iard, a thawelu pawb.

'Rydw i newydd glywed un ohonoch chi ddisgyblion yn defnyddio'r gair gwaetha, mwya sarhaus yn y byd.' Aeth cyffro drwy'r iard. Roedden ni i gyd yn ceisio dyfalu pa reg yn union oedd hi. 'Nage, nid rheg oedd hi. Gwaeth na hynny.' Syllodd bawb i fyny arnoch chi wedyn, achos doedden ni ddim yn gwybod fod y fath beth yn bod â gair gwaeth na gair rheg. 'Dwi'n dweud wrthoch chi nawr. Os clywa i unrhyw un ohonoch chi'n defnyddio'r gair "thic" eto, bydda i'n ffonio'ch rhieni, yn anfon llythyr adre, ac yn eich cadw chi i mewn bob amser chwarae am fis.'

Y tu ôl i chi, ymddangosodd y pennaeth drwy ddrws yr ysgol. Mae'n rhaid ei fod wedi ei gweld hi'n od fod yr iard wedi tawelu ar ganol amser chwarae, ac wedi dod allan i weld beth oedd yn digwydd. Ddywedodd o'r un gair, dim ond gwrando arnoch chi.

'Mae rhai o'r bobl fwya galluog dwi'n eu nabod yn dweud eu bod nhw wedi cael ei galw'n thic yn yr ysgol. Rhai o'n gwyddonwyr mwya disglair, ein cerddorion mwya talentog, ein hoff awduron – ro'n nhw i gyd yn cael eu galw'n thic. Alla' i ddim â'i ddiodde fe.' Yna, ysgydwoch eich pen a throi ar eich sawdl. Roedd Noa Evans yn digwydd bod yn sefyll wrth fy ymyl i yn yr iard, a gwyliodd y ddau ohonon ni chi'n cerdded i ffwrdd tuag at y dosbarth.

'Tybed alwodd rywun Mr Rowlands yn thic pan oedd o yn yr ysgol?' gofynnodd Noa, oedd, yn fy marn i, yn gwestiwn craff iawn.

Weithiau, yn yr ysgol, mi fydda' i'n teimlo'n thic, er enghraifft, pan mae'r dosbarth cyfan yn trafod pethau nad ydw i'n eu deall o gwbl, a finnau'n teimlo na fydda' i byth yn cyrraedd yr un safon â phawb arall.

Ond heddiw, yn yr ysgol, mi wnaethoch chi i bawb deimlo'n glyfar.

Roedden ni i gyd yn eistedd o flaen ein llyfrau Mathemateg yn aros i glywed pam fu gofyn i ni ddarganfod cyflogau blwyddyn ar gyfer ein hoff swyddi. Roeddwn i'n meddwl efallai y byddech chi'n ein cael ni i rannu'r pres yna â deuddeg, fel misoedd y flwyddyn, er mwyn gweld faint fyddai'r cyflog misol. Roeddwn i wir yn gobeithio y byddech chi'n gadael i ni ddefnyddio cyfrifiannell i wneud y sym yna.

Ond wnaethoch chi mo hynny.

'Ar gyfartaledd,' meddech chi wrth i chi gerdded i mewn i'r dosbarth, 'mae tua hanner cyflog pobl yn mynd ar rent neu ar dalu am dŷ. Mae'r gweddill yn mynd ar filiau a bwyd a phethau fel 'na. Felly, dyma i chi'ch sym gyntaf: hanerwch eich cyflog blynyddol.'

Roedd honna'n sym ddigon hawdd, hyd yn oed i mi.

$$£17\ 500 \div 2 = £8\ 750$$

'Felly, dyna'r arian sydd gennych chi i brynu'ch tŷ,' meddech chi. 'Nawr dyma sym anodd i chi. Am sawl blwyddyn fyddai'n rhaid i chi weithio cyn i chi allu prynu tŷ eich breuddwydion?'

Edrychais ar y rhifau yn ymyl ei gilydd.

$$£\qquad 8\ \ 7\ 5\ 0$$
$$£8\ 5\ 0\ \ 0\ 0\ 0$$

Bobol bach! Roedd 'na wahaniaeth mawr rhwng y rhifau yna.

'Os rhannwch chi bris y tŷ gan y cyflog, bydd yr ateb yn dangos am faint o flynyddoedd byddwch chi'n talu am eich tŷ.'

'Ma' honna'n sym anodd!' ebychodd Rhun.

'Ydy. Mi gewch chi ddefnyddio cyfrifiannell.' Aeth cyffro drwy'r dosbarth. Prin iawn rydan ni'n cael defnyddio cyfrifiannell.

'Ond dwi eisiau i chi amcangyfrif yn gyntaf.'

Wel, meddyliais i, mae £8 750 tua £9 000 a
£850 000 tua £900 000, felly roedd yr ateb yn gorfod bod
tua 100. Na, amhosibl! Beth oedd y cyfrifiannell yn ei roi?

850 000 ÷ 8 750 = 97.142857

Mae hynny tua 97 o flynyddoedd.
Naw deg saith o flynyddoedd?!
Syllais ar y cyfrifiannell. Gwnes y sym eto. Yr un
ateb.
O gwmpas y dosbarth, clywais blant eraill yn synnu
at yr ateb. 'Y?' 'Mae'r cyfrifiannell yma wedi torri, dwi'n
meddwl!' a 'No we!'
'Noa!' galwoch chi. 'Faint fydd hi'n cymryd i ti
dalu am dy dŷ?'
'Chwe deg wyth o
flynyddoedd,' atebodd Noa'n
ddigalon.
'Gwion?'
'Naw deg o
flynyddoedd.'
'Huw?'
'Naw deg saith o
flynyddoedd.'
Edrychais i fyny arnoch
chi. Roeddwn i'n gallu gweld
eich bod chi wedi rhagweld y
byddai hyn yn digwydd.
'Dyw pethau ddim
mor syml â 'ny, i chi gael deall. Mae llawer mwy i feddwl
amdano wrth i chi ystyried talu am dŷ. Oes rhywun yn
gwybod beth yw morgais ...?' Ac wedyn mi ddechreuoch

chi sôn am bethau oedd yn rhy gymhleth i mi, a dechreuais feddwl.

Roedd naw deg saith mlynedd yn amser hir. Dychmygais fy hun yn hen, hen ŵr, yn dal i weithio yn y siop gêmau, fy marf hir, wen yn cyrraedd y llawr. Byddwn i'n dweud pethau wrth y plant ifanc fyddai'n dod i mewn, fel 'Mae'r gêm yma'n un wych. Welais i 'rioed gystal graffeg.'

Roedd 'na ambell un yn medru 'fforddio' eu tai. Roedd Rhun yn un ohonynt, wrth gwrs – mae ambell chwaraewr rygbi'n ennill dros filiwn o bunnau'r flwyddyn. Dywedodd Rhun â gwên foddhaus y byddai'n medru prynu ei dŷ delfrydol heb drafferth yn y byd, a byddai ganddo newid mân i gael clamp o barti mawr pan fyddai'n symud i mewn.

(Y gwir ydy, Mr Rowlands, nad oes gen i lawer iawn o ffydd yng ngyrfa Rhun fel chwaraewr rygbi. Mae o wrth ei fodd yn gwylio'r gêm, yn enwedig pan fydd o'n cael mynd i lawr i Stadiwm y Mileniwm efo'i dad i weld y gêm go iawn yn hytrach na'i gwylio ar y teledu. Ond fydd Rhun byth yn chwarae rygbi efo'r hogiau eraill amser chwarae, a does ganddo ddim llawer o ddiddordeb mewn cymryd rhan pan fyddwn ni'n chwarae rygbi yn y wers addysg gorfforol chwaith.)

7

Annwyl Mr Rowlands,

Roedd hi'n ddiwrnod Tei Tyn heddiw. Pan ddaeth Dad adref o'r swyddfa, aeth yn syth i bori dros ei waith ar fwrdd y gegin, cyn iddo ddweud helô wrth unrhyw un, hyd yn oed. Roeddwn i'n gwylio'r teledu, ond ymhen dim, meddai Dad yn bigog, 'Huw! Wnei di droi sain y rwtsh 'na i lawr? Fedra i ddim meddwl efo'r holl dwrw!'

Sleifiais allan o'r tŷ wedyn. Byddai'n saffach mynd i dŷ Rhun tan amser te, felly dyna wnes i. Chwaraeodd y ddau ohonon ni ryw gêm, a chwarae teg iddi, daeth mam Rhun â bag enfawr o greision i ni ei rannu. Doeddwn i ddim wir eisiau mynd adref, ond gwyddwn y byddwn i'n cael ffrae fawr taswn i'n hwyr i swper.

Mae'n rhaid bod Dad wedi cael diwrnod gwael iawn yn y gwaith, achos doedd o ddim hyd yn oed wedi dechrau hwylio swper. Newydd ddeffro roedd Mam pan gyrhaeddais i adref, ac roedd hi'n brysio i adael am y gwaith.

'O, Huw, 'ngwas i,' meddai wrth dynnu ei chôt amdani. 'Weli di mor brysur ydy dy dad? Gwna ffafr efo fi, pwt – fedri di baratoi swper heno?'

Syllais arni'n gegrwth. Paratoi swper? I Dad a Lisa a fi?

Sylwodd Mam ar yr amheuaeth ar fy wyneb, ac estynnodd i'w phoced am bapur pumpunt a'i wasgu i fy llaw. 'Paid â chyffwrdd â dim byd poeth. Gofyn i Dad neu Lisa dy helpu di efo pethau fel 'na. A dim defnyddio unrhyw gyllyll miniog, chwaith.' Plannodd gusan ar fy nhalcen. 'Mi fedri di 'i wneud o, pwt.'

Ac mi wnes i, Mr Rowlands.

Doedd o'n ddim byd crand – pasta efo saws tomato a salad. Roedd rhaid i mi ofyn i Dad helpu efo coginio'r pasta, ac roedd o'n canolbwyntio gymaint ar ei waith nes i mi deimlo'n bryderus braidd na fyddai'n fodlon rhoi help llaw i mi. Ond chwarae teg iddo, mi wnaeth o am bum munud, gan ferwi'r tegell a chynnau'r stof cyn dychwelyd at ei waith.

Wn i ddim a soniais i am yr holl berlysiau a blannais yn yr ardd ddydd Sul diwethaf. Mam oedd wedi eu prynu nhw – rhosmari a saets a mintys, a photyn o fasil i'w gadw ar sil y ffenest. Wrth i mi gynhesu'r jar o saws tomato, cofiais Mam yn dweud, wrth iddi dalu am y planhigion, 'Mmm! Mae arogl y basil yma'n anhygoel. Mae o'n mynd yn dda iawn efo tomatos wsti, Huw.'

Felly tra oedd y saws yn ffrwtian, torrais ambell ddeilen o'r planhigyn basil a'u rhwygo'n ddarnau mân, mân efo 'mysedd, cyn eu cymysgu drwy'r saws. Roeddwn i fymryn yn nerfus, a dweud y gwir, yn enwedig wrth alw 'Swper!' a chario'r platiau i'r bwrdd.

Cliriodd Dad ei bapurau oddi ar y bwrdd yn syth, a rhedodd Lisa i lawr o'i llofft. Stopiodd yn stond pan welodd fi'n gweini'r bwyd.

'Huw sydd wedi coginio?!'

'Ia,' atebodd Dad. 'Mae o'n ennill pres drwy helpu, ac mae gen i gymaint o waith i'w wneud ... Rŵan, tyrd i eistedd, Lisa, cyn iddo oeri.'

'Ond hogyn bach ydy o!'

'Cau dy geg, Lisa,' atebais yn biwis, a thynnodd

hithau ei thafod arna i.

'Rhowch y gorau iddi, chi'ch dau,' dwrdiodd Dad. Roeddwn i'n disgwyl cael ffrae am fod yn ddigywilydd efo Lisa, ond er mawr syndod i mi, troi at Lisa wnaeth o, a dweud, 'Dydy hogiau bach ddim yn gallu coginio pryd o fwyd i deulu, nac ydyn?'

Roedd y bwyd yn ocê. Ddim yn anhygoel, ac yn sicr ddim cystal â'r pasta mae Dad yn ei wneud efo'r saws hufen a chig moch. Ond roedd o'n ddigon blasus 'run fath.

'Be' ydy'r petha bach gwyrdd yma yn y saws?' cwynodd Lisa.

'Basil,' atebais. 'Mae'n mynd yn neis iawn efo tomatos.'

'Dad, dwi ddim yn licio basil,' meddai Lisa. 'Dwi ddim yn licio dail yn fy mwyd.'

'Wrth gwrs dy fod ti, Lisa,' meddai Dad. 'Rwyt ti'n bwyta letys, yn' dwyt?' Llwythodd ei fforc efo pasta, a chymryd llond cegaid. 'Bobol bach, Huw. Chwarae teg. Mae hwn yn flasus iawn.'

Roeddwn i wrth fy modd. Petai Mam wedi bod yno, byddai hi wedi dweud bod y bwyd yn anhygoel, hyd yn oed tasa fo'n blasu fel cardfwrdd. Ond nid felly mae Dad. Pan mae o'n dweud rhywbeth caredig, mae o wir yn ei feddwl o.

A wyddoch chi be', Mr Rowlands? Ar ôl iddo orffen ei fwyd, rhoddodd Dad ei gyllell a'i fforc i lawr yn daclus ar ei blât, eistedd yn ôl yn ei gadair, ac edrych arna i. Nid cip byr, fel y bydd o'r rhan fwyaf o'r amser, ond edrych arna i go iawn. Roedd o heb wneud hynny ers i mi gael yr adroddiad yna gennych chi.

'Dwi'n falch iawn ohonat ti, Huw. Diolch am helpu.'

Gwridais at fôn fy ngwallt.

Ochneidiodd Lisa, gan bigo ei phasta fel taswn i wedi gweini llond plât o fwydod iddi. 'Dydy o ddim fel tasa fo'n helpu am ei fod o isio gwneud. Mae o'n cael ei dalu.'

'Dyna ddigon, Lisa.' Roedd llais Dad yn gadarn – y llais y bydd o'n arfer ei ddefnyddio i siarad efo fi. 'Dwyt ti ddim wedi diolch i dy frawd am dy swper, hyd yn oed. Mi gei di olchi'r llestri heno am newid.'

'Fi?!' poerodd Lisa mewn braw. 'Ond Huw sy'n golchi llestri!'

'Ia, fel arfer. Ond mi gei di wneud heno.'

'Ond mae gen i waith cartref! Dydy hyn ddim yn deg!'

Mi eisteddais yn y gegin yn gwylio Lisa'n golchi'r llestri. Roedd o'n wych.

Penderfynais heno 'mod i'n mynd i ddechrau cadw cofnod o'm henillion yng nghefn fy llyfr. Roedd yn dangos bod gen i gyfanswm o £35!

Pres pen-blwydd:	£ 10
Pres am olchi'r car:	£ 5
Pres am chwynnu'r llain datws:	£ 10
Pres am blannu'r perlysiau yn yr ardd:	£ 5
Pres am goginio swper heno:	£ 5
	= £ 35

Dim ond £10 i fynd (neu £9.99 a bod yn hollol gywir), ac mi fyddaf i'n gallu fforddio *Cloud Runners*!

8

Annwyl Mr Rowlands,

Bore dydd Sadwrn arall, ac roeddwn i'n barod am gyfarwyddiadau gan Mam neu Dad am ryw joban y medrwn i ei gwneud er mwyn ennill y £9.99 olaf roedd eu hangen arna i er mwyn medru fforddio'r gêm.

Roedd Dad wrthi'n newid i'w 'sgidiau rhedeg cyn mynd allan i loncian. 'Dad, oes 'na joban y medra i ei gwneud?'

Gwenodd Dad. Mae o'n gwenu llawer mwy yn ddiweddar, wyddoch chi. Wn i ddim a ydy pethau'n mynd yn well yn y gwaith, neu oes 'na rywbeth arall sy'n ei wneud o'n hapus. Dwi'n gobeithio y bydd pethau'n para fel hyn.

'Eisiau ennill ceiniog neu ddwy rwyt ti, Huw?'

Nodiais. 'Rydw i wedi bod yn cynilo. Os ca' i ddeg punt arall, mi fyddaf i'n gallu fforddio'r gêm dwi wedi bod isio'i phrynu.'

Stopiodd Dad yn stond ar ganol cau ei gareiau. 'Ti 'di bod yn cynilo?'

'Do. Roedd gen i ddecpunt o 'mhres pen-blwydd ar ôl, ond mae'r gweddill wedi dod o'r jobsys dwi 'di bod yn eu gwneud i chi a Mam.'

'Ew.' Trodd Dad yn ôl at ei sgidiau rhedeg. 'Dwi ddim yn cofio i ti gynilo am unrhyw beth erioed o'r blaen.'

Roeddwn i'n gwybod yn iawn nad oeddwn wedi

cynilo pres o gwbl cyn rŵan, ond doeddwn i ddim yn bwriadu cyfaddef hynny wrtho fo. Doeddwn i ddim am iddo feddwl ei fod o wedi gwneud peth da drwy stopio rhoi pres poced i mi.

Dilynais Dad drwy'r tŷ, yn gobeithio y byddai'n dod o hyd i rywbeth i mi ei wneud. Ond y cyfan ddywedodd o cyn mynd i loncian oedd, 'Fedra i ddim meddwl am unrhyw beth sydd angen ei wneud ar hyn o bryd, Huw. Mae'n siŵr bydd 'na rywbeth erbyn pnawn 'ma.' Ac i ffwrdd â fo.

Ond roeddwn i wedi gobeithio ennill y pres yn y bore, fel 'mod i'n medru mynd a'r £44.99 i'r dref yn y pnawn i brynu'r gêm.

Es i at ddrws llofft Mam a Dad a chlustfeinio, ond doedd dim smic gan Mam. Roedd hi'n cysgu'n drwm ar ôl ei shifft nos, a fiw i mi ei deffro er mwyn gofyn iddi am jobsys.

Doedd gen i fawr ddim i'w wneud wedyn. Wel, na, dydy hynny ddim yn wir. Byddwn i wedi gallu gwneud y gwaith cartref roeddech chi wedi ei osod i ni ddoe ('Ysgrifennwch am y gwahaniaethau rhwng cartrefi gan mlynedd yn ôl a chartrefi heddiw'), ond doedd gen i ddim amynedd. Ac roedd 'na olwg ar fy llofft i, braidd, ond doeddwn i ddim eisiau ei glanhau.

A dyna pam gwnes i gracio. Ffoniodd Rhun tua un ar ddeg o'r gloch y bore. 'Mae 'na griw ohonan ni'n mynd i'r pictiwrs ar ôl cinio. Mae *Goblins' Revenge 3* ymlaen mewn 3D.'

'Fedra i ddim,' atebais yn syth. 'Dwi 'di dweud wrthat ti. Dwi'n cynilo 'mhres i brynu *Cloud Runners*.'

'Ond rwyt ti heb fod allan efo ni ers hydoedd! Tyrd yn dy flaen, Huw. Ti'n mynd mor *boring*! Ac rwyt ti'n cofio mor dda oedd *Goblins' Revenge 1* a *2*?'

Roedd y ffilm *yn* dda – yn llawn dynion bach gwyrdd oedd yn trio cymryd drosodd ac achosi anrhefn a ballu. A phrynais i ddim popcorn a chwpanaid anferth o ddiod fel byddaf i'n arfer ei wneud, dim ond un bar o siocled. Ar ôl y ffilm, aethon ni i gyd i'r parc i sgwrsio a chicio pêl. Roedd yn bnawn hyfryd, ac roedd hi'n amser te erbyn i mi gyrraedd yn ôl.

Safai Mam wrth y stof yn troi rhywbeth mewn sosban. Roedd ganddi noson i ffwrdd, felly roedd hi'n sefyll yno yn ei phyjamas, yn hapus braf. Newydd godi roedd hi.

'Gest ti bnawn braf, Huwi?'

'Do diolch.'

'Mynd i dŷ Rhun wnest ti?'

'I'r pictiwrs efo'r hogiau.'

Daeth Dad i mewn fel roeddwn i'n dweud hyn. 'Ond ro'n i'n meddwl dy fod ti'n cynilo i brynu ryw gêm?'

'Mi ydw i. Ond rydw i heb fod allan efo'r hogiau ers wythnosau.' Cododd Dad ei aeliau, fel petai o'n dweud na faswn i byth yn hel digon o bres i brynu unrhyw beth o werth.

'Paid â phoeni, pwt,' meddai Mam. 'Ro'n i am ofyn i ti blannu'r tatws fory. Mi fydd hynny'n werth pumpunt, os gwnei di o'n iawn.'

Pres pen-blwydd: £ 10
Pres am olchi'r car: £ 5
Pres am chwynnu'r llain datws: £ 10
Pres am blannu'r perlysiau yn yr ardd: £ 5
Pres am goginio swper: £ 5
                                                 = £ 3 5

   Cost mynd i'r pictiwrs (£5.80) a bar o siocled
(£1.49): £7.29

                £35 - £7.29 = £27.71

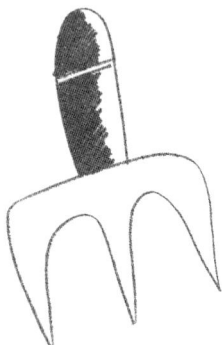

(9)

Annwyl Mr Rowlands,

Mae 'na rywbeth rhyfedd wedi dechrau digwydd yn yr ysgol.

Mae'n siŵr eich bod chi wedi sylwi. Mae'n siŵr eich bod chi'n deall llawer mwy na ni am y peth, ond does 'na neb wedi trafferthu esbonio wrth y dosbarth.

Wythnos diwetha' ddechreuodd o. Ddydd Mercher, daeth Mr Smith, y Pennaeth, i mewn i'n dosbarth ni yn y bore fel roeddech chi'n galw'r gofrestr, a heb ddweud unrhyw beth, eisteddodd yng nghefn y dosbarth. Edrychodd pawb arnoch chi, ond wnaethoch chi ddim esbonio pam roedd o yno, dim ond dweud 'Bore da, Mr Smith,' yn ddigon siriol.

A dyna le'r eisteddodd o drwy'r dydd. Bob hyn a hyn, roedd o'n gwneud nodiadau mewn llyfr bach coch.

Feddylion ni fawr ddim am y peth ar y pryd, ond rydw i'n poeni amdano heddiw. Achos heddiw, roedd 'na ddyn diarth yn eistedd yng nghefn y dosbarth, dyn mewn siwt efo cês mawr o bapurau wrth ei draed.

Wn i ddim pam, ond doedd y dyn yna ddim yn edrych yn iawn yn ein dosbarth ni. Er iddo wenu arnon ni i gyd, nid gwên go iawn oedd hi. Dim ond ei geg o oedd yn crymanu. Arhosodd ei lygaid yn oer ac yn ddifrifol.

'Mae Mr Fisher yn mynd i ymuno â'n dosbarth ni heddiw,' meddech chi cyn cymryd y gofrestr. Doeddach chi ddim yn edrych fel petaech chi'n poeni. 'Os yw e'n gofyn unrhyw beth i chi, cofiwch ateb yn llawn ac yn onest.'

'Maen nhw wedi dal i fyny efo fo o'r diwedd,' meddai Rhun amser cinio. Roedd ei fam wedi gwneud brechdan iddo oedd yn fwy na'i wyneb, yn llawn dop o gyw iâr a mayonnaise. Mae'n rhaid bod 'na iâr gyfan wedi mynd i mewn i'r cinio yna.

'Be' ti'n feddwl?' gofynnais.

'Mr Rowlands. Rhaid bod rhywun wedi cwyno amdano, a bod y dyn yna yma i wneud yn siŵr ei fod o'n ein dysgu ni'n iawn.'

'Naci siŵr!' atebais drwy lond ceg o frechdan jam. 'Mae'n siŵr fod pob athro yn yr ysgol yn cael yr un fath. Maen nhw'n gorfod ei wneud o weithiau.'

'Dwi'n dweud wrthat ti. Mae Mr Rowlands jest yn rhy od.'

Y gwir ydy, roeddwn i'n gwybod yn iawn be' roedd o'n ei feddwl. Dydach chi ddim fel yr athrawon eraill, nac ydach? Fel y tro hwnnw ddarllenon ni'r llyfr 'na efo'n gilydd yn y dosbarth. Er ei fod yn glasur, a'r awdur yn enwog ac wedi ennill llwyth o wobrau, mi ddywedoch chi mai hwnna oedd y llyfr gwaethaf i chi ei ddarllen ers blynyddoedd mawr, a'ch bod chi wedi cael mwy o hwyl yn darllen cefn bocs cornfflêcs. Dydy athrawon eraill byth yn dweud pethau fel 'na. Maen nhw'n smalio eu bod nhw'n licio pob dim. Fedra i ddim dychmygu Miss Jones yn dweud, fel gwnaethoch chi, 'Os nad yw penodau cyntaf llyfr yn dda, rhowch y gorau i'w ddarllen e. Ddylai darllen ddim teimlo fel gwaith cartref.'

Pan es i adref, doedd neb o gwmpas ond Lisa. Roedd Dad

dal yn y swyddfa, a Mam wedi gadael yn gynnar er mwyn mynd i siopa ar ei ffordd i'r gwaith.

Dydw i byth yn siarad efo Lisa fel arfer, ddim yn iawn – dim ond i ffraeo. Ond roeddwn i wir yn poeni, Mr Rowlands, ac roedd hi yna, yn eistedd ar y soffa yn bwyta afal tra oedd hi'n tecstio'i ffrindiau.

'Lisa?' gofynnais. 'Ydy athrawon yn cael bod yn wahanol?'

Cododd Lisa un ael wrth iddi syllu arna i dros ei ffôn. 'Be' ydy hyn? Jôc?'

'Na. Dwi'n gofyn o ddifri. Ydyn nhw'n cael bod yn wahanol i'w gilydd, neu ydyn nhw i gyd yn gorfod bod yr un fath, fwy neu lai?'

Chwarae teg iddi, rhoddodd Lisa ei ffôn i lawr a chymryd cegaid o'i hafal, cyn cnoi yn feddylgar. 'Mae'n dibynnu, dwi'n meddwl. Maen nhw'n cael bod yn wahanol cyn belled â bod y disgyblion yn dal i ddysgu digon.'

Rydw i wedi dysgu llawer iawn yn eich dosbarth chi.

'Am bwy rwyt ti'n poeni?' gofynnodd Lisa.

'Mr Rowlands.'

'Aaa,' meddai Lisa, fel petai popeth yn gwneud synnwyr rŵan. 'Wel, ydy, mae o *yn* wahanol.' A dywedodd hi wrtha i am y pethau wnaethoch chi pan oedd hi yn eich dosbarth chi. Fel cynnal disgo yn lle gwers addysg gorfforol un diwrnod, am fod dawnsio'n fath o ymarfer corff. A dyfeisio geiriau newydd sbon yn y dosbarth i'w defnyddio yn lle rhegfeydd. A rapio barddoniaeth hen ffasiwn yn lle ei hadrodd yn y ffordd arferol.

'Wyt ti'n licio Mr Rowlands?' gofynnodd Lisa wedyn.

Nodiais yn syth. 'Mae o'n gwneud pethau'n hwyl.'

'Er mai ei fai o ydy o nad wyt ti'n cael pres poced

dim mwy?'

Meddyliais am ychydig. Ia, chi ysgrifennodd y geiriau yn fy adroddiad a wnaeth i Dad stopio fy mhres poced.

'Ac er mai fo sydd ar fai dy fod ti'n gorfod ysgrifennu yn y llyfr du yna byth a hefyd?'

Y gwir ydy, Mr Rowlands, er na fyddwn i byth yn cyfaddef hyn wrthoch chi yn eich wyneb, nac wrth Dad, mai fy mai i oedd hynny. Chi oedd yn iawn.

Pres pen-blwydd: £ 10
Pres am olchi'r car: £ 5
Pres am chwynnu'r llain datws: £ 10
Pres am blannu'r perlysiau yn yr ardd: £ 5
Pres am goginio swper: £ 5
                                           = £ 3 5

Cost mynd i'r pictiwrs (£5.80) a bar o siocled (£1.49): £7.29

$$£35 - £7.29 = £27.71$$

Pres am blannu tair rhes o datws: £5

$$£27.71 + £5 = £32.71$$

56

⟳ 10

Annwyl Mr Rowlands,

'Tyrd draw i 'nhŷ fi ar ôl ysgol,' meddai Rhun fel roedd y gloch olaf yn canu. Doedd gen i fawr o amynedd heddiw. Roedd wedi bod yn ddiwrnod hir, ac, er na fedrwn i gyfaddef hynny wrth Rhun, roeddwn i'n edrych ymlaen at wneud fy ngwaith cartref.

Do, Mr Rowlands, mi wnaethoch chi ddarllen hynna'n gywir. Yn edrych ymlaen at wneud fy ngwaith cartref. Mae'n swnio fel taswn i'n bod yn goeglyd, dwi'n gwybod, ond roedd hon yn dasg y medrwn i gael blas arni go iawn. 'Ysgrifennwch am eich swydd ddelfrydol, ac esboniwch pam byddech chi'n dda am wneud y swydd hon'.

'Fedra i ddim,' meddwn i wrth Rhun, oedd yn gelwydd, ond yn fwy caredig na'r gwir.

'O, cym on! Mae gen i rywbeth i'w ddangos i ti.' Gwelodd 'mod i'n ansicr. 'Mae Mam wedi gwneud cacen gaws,' ychwanegodd.

'Wel ...' Daria fo, roedd Rhun yn gwybod yn iawn faint roeddwn i'n licio cacen gaws ei fam.

'Efo mafon.'

'Ocê, 'ta.' Sori, Mr Rowlands, ond taswn i'n dewis gwaith cartref dros gacen gaws, ddim Huw Llwyd faswn i rhagor.

Ar ôl i ni gyrraedd ei dŷ a sglaffio hanner y gacen

gaws ('O, Huw!' meddai mam Rhun. 'Mae mor braf cael rhywun yma sy'n gwerthfawrogi fy nghoginio i!') aeth Rhun draw at y cyfrifiadur. 'Dyma be' ro'n i eisiau ei ddangos i ti.'

Erthygl ar y we oedd hi. Pwt o newyddion oedd yn sôn am ryw gaffi yn rhywle yn Lloegr oedd wedi mynd i drafferth efo'r heddlu am eu bod nhw'n cyflogi plant yr un oed â Rhun a fi i weini byrddau a golchi llestri.

'Hollol wirion, os wyt ti'n gofyn i mi,' meddwn i'n ddirmygus. 'Baswn i lawn cystal â Lisa am weini byrddau yng Nghaffi Gwaelod. Taswn i'n medru ffeindio joban penwythnos rŵan, baswn i'n gwneud.'

Edrychodd Rhun arna i fel pe bai gen i ddau ben cyn dweud, 'Ddim dyna ro'n i'n feddwl. Meddwl amdanat ti roeddwn i.' Edrychais arno mewn penbleth. Ochneidiodd Rhun, a phwyntio at y sgrin. 'Darllen y paragraff yma.' Roedd y paragraff yn sôn am ryw gyfraith oedd yn esbonio na châi plant weithio am gyflog. Codais fy ysgwyddau.

'A?'

'Mi ddylet di argraffu hwn a'i ddangos o i dy dad! Cheith o ddim gwneud i ti weithio o gwmpas y tŷ fel mae o. Mae yn erbyn y gyfraith!' Dechreuodd fy meddwl droi fel ffilm yn syth. Dad, yn torri'r gyfraith! Dychmygais yr holl beth yn glir yn fy meddwl ...

Daeth cnoc ar ddrws ein tŷ ni fel roeddwn i'n glanhau'r ffwrn. Roedd menig rwber mawr am fy nwylo, ac arogl y cemegolion glanhau yn codi i gosi fy nhrwyn.

Roedd yr holl waith caled wedi gwneud niwed mawr i mi. Roeddwn i'n denau ac yn fudr, ac yn edrych yn fethedig iawn yn fy nillad tyllog, a golwg druenus yn fy llygaid. Gadawodd Dad ei le ar y soffa o flaen y teledu i fynd i ateb y drws.

Heb esbonio dim, daeth dau ddyn tal mewn siwtiau duon a sbectol dywyll i mewn i'r gegin.

'Hei!' meddai Dad. 'Pwy rydach chi'n ei feddwl ydach chi? Fedrwch chi ddim gwthio'ch ffordd i mewn i gartref rhywun fel hyn ...' Yn syth bìn, ymestynnodd y dynion i'w pocedi a dangos cardiau bach mewn waledi lledr duon iddo. Yr heddlu oedden nhw.

'Ditectif Arolygydd Rhys, a Ditectif Sarjant Elis,' meddai un o'r dynion.

'Yr heddlu!' poerodd Dad. 'Be' yn y byd ...?'

Pwysodd un o'r dynion - y Ditectif Arolygydd Rhys, dwi'n meddwl - draw ata i, a thynnu ei sbectol am funud, gan roi ei law ar fy ysgwydd yn glên. 'Paid â phoeni, 'machgen i. Fyddi di'n saff o hyn ymlaen.'

'Yn saff?' ailadroddodd Dad. 'Peidiwch â bod yn wirion! Mae Huw yn berffaith saff.'

'Gawn ni gadarnhau mai chi ydy Glyn Llwyd?' meddai un o'r dynion.

'Wel, ia, ond ...'

'Glyn Llwyd, rydw i'n eich arestio chi ar amheuaeth o gyflogi plentyn sy'n rhy ifanc i weithio. Does dim rhaid i chi ddweud unrhyw beth, ond os ydych chi'n penderfynu gwneud hynny, bydd yn gallu cael ei ddefnyddio fel tystiolaeth yn eich erbyn.'

'Cyflogi plentyn?!'

Ac fe arweiniwyd Dad allan o'r tŷ i'r car heddlu y tu allan, yn gweiddi, 'Fedrwch chi ddim gwneud hyn!

'Huw? HUW?!' gwaeddodd Rhun. 'Ti'n breuddwydio eto!'

Ysgydwais fy mhen. Bobol bach. Dad yn cael ei arwain o'r tŷ mewn cyffion.

'Dwi ddim yn meddwl ei fod o yn erbyn y gyfraith i fam a thad ofyn i'w mab nhw helpu o gwmpas y tŷ, wsti Rhun.' Ochneidiodd Rhun, ond dwi'n meddwl ei fod o'n gwybod bod hynny'n annhebygol. 'Mi argraffa' i o allan i chdi beth bynnag. Jest rhag ofn.'

Heno, ar ôl i mi olchi'r llestri, ymestynnais i 'mhoced am y darn papur roedd Rhun wedi ei argraffu. Penderfynais ei adael ar fwrdd y gegin i weld a fyddai Dad yn ei godi i gael cip arno, a thanlinellu'r darn oedd yn esbonio fod cyflogi plant yn erbyn y gyfraith.

Roeddwn i yn fy ngwely'n darllen pan glywais sŵn pesychu'n dod o'r gegin i lawr y grisiau. Wel, roeddwn i'n meddwl mai pesychu oedd o. Ond mi aeth ymlaen ac ymlaen, ac ymhen dim, symudodd y sŵn i fyny'r grisiau. Agorodd Dad ddrws fy ystafell. Roedd yn wan o chwerthin.

Rydw i heb ei weld o fel 'na ers blynyddoedd. Roedd dagrau'n powlio i lawr ei fochau, a'i wyneb yn goch i gyd. Roedd o hyd yn oed wedi agor botymau uchaf ei grys.

'Huw bach!' meddai, yn fyr ei wynt ar ôl chwerthin gymaint. 'Ble cest ti hwn, dwed?'

'Tŷ Rhun,' atebais gan wrido.

'Bobol bach,' eisteddodd Dad ar fy ngwely. 'Ew, ti'n hogyn digri. Ro'n i'n mynd i gynnig pumpunt i ti am lanhau'r stafell 'molchi ar ôl ysgol fory, ond dwi'n dechrau ailfeddwl a ddyliwn i ofyn i ti ei wneud o gwbl. Wedi'r cyfan, dydw i ddim eisiau cael fy arestio!' A dechreuodd chwerthin llond ei fol eto.

'Do'n i ddim yn meddwl ...' dechreuais. 'Hynny ydy, dydw i ddim yn meddwl eich bod chi'n ...'

'Mae'n ocê, Huw.' Gwenodd arna i. 'Rwyt ti'n donic, weithiau.'

⑪

Annwyl Mr Rowlands,

Dwi'n rhy flinedig i ysgrifennu rhyw lawer heno, dim ond i ddweud fod merched yn ffiaidd.

Ydw, ydw, dwi'n gwybod na ddylwn i ddweud hynna. Dydw i ddim yn ei feddwl o go iawn. Be' dwi'n drio'i ddweud ydy bod Lisa yn ffiaidd.

Roeddwn i wedi meddwl y byddai glanhau'r ystafell 'molchi'n eithaf hawdd. Mae 'na lwythi o chwistrellau glanhau, a sbwnjys arbennig a phethau felly. A nac oedd, doedd glanhau'r tŷ bach byth yn mynd i fod ar ben fy rhestr o bethau yr hoffwn eu gwneud, ond fyddai o ddim yn cymryd yn hir.

Ar ôl ysgol, es ati fel lladd nadroedd. A dweud y gwir, mi wnes i bethau nad oedd gofyn i mi eu gwneud, fel newid y lliain sychu dwylo a nôl mwy o bapur tŷ bach o'r twll dan grisiau.

Roedd y lle'n sgleinio fel ceiniog newydd, ac roeddwn i bron â gorffen, pan blygais dros y bath i drio sgrwbio twll y plwg. Roedd 'na flew ynddo, ac mi ddechreuais eu tynnu nhw allan.

Wir yr, roedd o fel tynnu bwystfil allan o'i ogof. Lwmp mawr, seimllyd o flew hir, melyn – gwallt Lisa. Bu bron i mi gyfogi wrth i mi daflu'r blew i'r tŷ bach a thynnu'r tsiaen. Mae'n rhaid bod y lwmp yna o wallt tua'r un maint â llygoden.

Cymerodd Dad gip o gwmpas yr ystafell 'molchi wedyn, dweud, 'Dyma ti, Huw,' a gwthio papur pumpunt i fy llaw. Mae hynny'n fy ngwneud i'n llawer agosach at fedru prynu *Cloud Runners*, ond dydw i wir ddim yn siŵr a oedd yn werth y pres. Mae fy mol i'n troi bob tro byddaf i'n meddwl am y blew yna.

Y peth gwaethaf oedd pan biciais i'r tŷ bach cyn mynd i'r gwely. Roedd Lisa newydd adael ar ôl cael cawod, ac yn ogystal â gadael pyllau o ddŵr ar y llawr a chaead y siampŵ ar ochr y bath, medrwn weld ambell flewyn melyn, hir yn sownd yn y plwg, yn barod i greu bwystfil newydd ... AFIACH!

Pres am lanhau'r ystafell 'molchi: £5

$$£32.71 + £5 = £37.71$$

Annwyl Mr Rowlands,

Wna i ddim copïo pob gair o fy nhraethawd allan i chi. Wedi'r cyfan, rydych chi wedi ei ddarllen o'r blaen. Ond mi ges i ffasiwn flas ar ei ysgrifennu o, waeth i mi'ch atgoffa chi o fy hoff ddarn i.

<u>Ysgrifennwch am eich swydd ddelfrydol, ac esboniwch pam y byddech chi'n dda am wneud y swydd yma.</u>

Pan fyddaf i'n gweithio yn y siop gêmau yn y dref, byddaf i'n gwneud yn siŵr fod pobl yn mwynhau dod yno. Byddaf i'n prynu llwythi o glustogau mawr, meddal, ac yn troi hanner y siop yn hwylfan chwarae. Bydd posib cael tro ar y gêmau sydd ar werth am ddeng munud yr un, a byddaf i'n gwerthu siocled a chreision a phop, hefyd. Bydd llawer o blant yn dod yno ar ôl ysgol, ac wedyn byddaf i'n gallu eu darbwyllo nhw i brynu'r gêmau.

Fyddaf i ddim yn cadw'r gêmau gwael chwaith, y rhai diflas sy'n wastraff pres. Pan fydd rhywun yn dod i mewn ac yn gofyn am y gêmau yma, fel yma y bydd hi.

'Helô, oes gennych chi gopi o Pony Trek Fairies, plîs?'

'Nac oes, madam, achos hen gêm wael ydy honno, a does prin neb yn cyrraedd heibio i lefel 3. A fyddwn i ddim eisiau gwerthu gêm wael i chi, madam, achos rydw i am i bawb fod yn fodlon efo'r gêmau maen nhw'n eu prynu yn y siop yma. Ond arhoswch funud. Be' am Horse Power Pixies? Mae'n debyg iawn i Pony Trek Fairies, ond yn llawer gwell ac yn fwy difyr. Dwi'n siŵr y byddwch chi'n cael mwy o bleser o'r gêm yna.'

Ac wedyn byddwn i'n arwain y cwsmer at y peiriant iddi gael trio'r gêm am ddeng munud. Byddai'n siŵr o'i phrynu wedyn, wrth gwrs.

'Chi ydy'r siopwr gorau yn y dref! Rydach chi wir yn gofalu am eich cwsmeriaid. Diolch yn fawr! Wna i byth brynu gêmau o unrhyw le arall o hyn ymlaen.'

Rhaid i mi gyfaddef 'mod i'n falch o'r traethawd yna. Ond eto, mi gefais syndod mawr o gael y gwaith yn ôl wedi ei farcio gennych chi, a'r geiriau yma arno: 'Gwych, Huw! Dyma'r darn gorau o waith rwy' wedi ei weld ers amser. Da iawn ti. Rwy'n edrych ymlaen at ymweld â dy siop gêmau di'!

Fel y gwyddoch chi, dydw i ddim fel Helena neu Sam. Dwi ddim yn un o'r rhai clyfar. Mae Lisa fel 'na. Dydy hi byth yn gorfod trio'n galed yn yr ysgol i gael y graddau anhygoel mae hi'n eu hennill o hyd. Ond dydy o ddim yn dod yn hawdd i mi, Mr Rowlands. Felly roedd gweld y geiriau yna ar fy nhraethawd yn ddigon i 'ngwneud i'n hapus am weddill y dydd.

Ac yn union fel roeddwn i wedi gadael y darn

papur am gyflogi plant ar fwrdd y gegin, mi adewais i'r traethawd ar y bwrdd. Doeddwn i ddim am redeg i fyny at Dad a dweud, 'Sbïwch be' wnes i! Ydach chi'n falch ohona i?' Roeddwn i'n teimlo'n rhy hen i wneud hynny.

Mi ddywedoch chi wrthon ni unwaith nad oes un person yn y byd sy'n dda am wneud pob dim.

Dydw i ddim yn dda iawn am ganolbwyntio.

Dydy Mam ddim yn dda iawn am goginio.

Dydy Lisa ddim yn dda iawn am chwarae gêmau ar y cyfrifiadur.

A Dad – wel, dydy Dad ddim yn dda iawn am ddweud 'da iawn'. Pan fydd o'n falch o rywun, mae o'n gwrido ac yn ffwndro ac yn siarad yn aneglur. Ond dwi'n meddwl bod Dad yn falch o'r traethawd, achos er na ddywedodd o ddim byd pan godais i yn y bore, roedd 'na ddarn dwybunt yn aros amdana i ar ben y traethawd.

Cost mynd i'r pictiwrs (£5.80) a bar o siocled (£1.49): £7.29

$$£35 - £7.29 = £27.71$$

Pres am blannu tair rhes o datws:	£ 5
Pres am lanhau'r ystafell molchi:	£ 5
Pres am ysgrifennu traethawd gwych:	£ 2
	= £ 3 9 . 7 1

⑬

Annwyl Mr Rowlands,

Fedra i ddim coelio eich bod chi'n gwneud hyn i ni.

Cyn gynted ag y cyrhaeddais yr ysgol, mi wyddwn fod 'na rywbeth yn bod. Roedd 'na gynnwrf rhyfedd ar hyd y lle, yn union fel oedd 'na pan gyrhaeddodd pawb a gweld bod yr ysgol ar glo am fod y gofalwr wedi cysgu'n hwyr.

Es i draw at griw mawr o'n dosbarth ni oedd wedi ymgasglu yng nghornel yr iard. 'Be' sy'n digwydd?' gofynnais.

'Mi ddwedais i wrthat ti,' atebodd Rhun yn sigledig. 'Maen nhw'n cael gwared arno fo.'

'Be'?'

'Mr Rowlands. Mae o'n gadael.'

Mae'n debyg fod mam Helena wrthi'n darllen y tudalennau swyddi yn y papur dros ei brecwast y bore hwnnw pan sylwodd hi ar hysbyseb am eich swydd chi. Dywedodd Helena ei bod hi wedi gollwng ei thost ar y llawr pan ddywedodd ei mam wrthi. Yn lle gorffen ei brecwast, roedd hi wedi torri'r hysbyseb allan o'r papur â siswrn, ac wedi dod â hi'n syth i'r ysgol i'w dangos i'w ffrindiau.

'Dyna pam roedd Mr Smith, ac wedyn y dyn yna mewn siwt, yn eistedd yn y dosbarth!' meddai Helena'n bendant. 'Maen nhw'n rhoi'r sac i Mr Rowlands!'

'Ond fedran nhw ddim,' meddai Noa Evans. 'Fo ydy'r athro gorau rydan ni wedi ei gael erioed!' Dwi'n meddwl mai dyna'r tro cyntaf i'r dosbarth i gyd gytuno'n llwyr efo Noa Evans.

Roeddwn i'n teimlo'n sâl.

Ar ôl i'r gloch ganu, aeth pawb i'r dosbarth ac eistedd mewn tawelwch. Fel arfer, fel 'dach chi'n gwybod, rydan ni'n sgwrsio ac yn ffraeo ac yn chwerthin, hyd yn oed ar ôl i chi ddod i mewn o'r ystafell athrawon. Fel arfer, rydych chi'n gorfod dweud rhywbeth fel, 'Reit, tawelwch nawr,' neu 'Dewch nawr, bois, mae'n bryd i chi ddechrau gweithio.' Ond pan ddaethoch chi i mewn i'r dosbarth y bore 'ma, roedd yn hollol, hollol dawel.

Mi wnaethoch chi smalio i ddechrau nad oedd unrhyw beth yn wahanol. Aethoch at eich desg, a rhoi'r cyfrifiadur ymlaen. Agor y ffenest, tynnu'ch siwmper a'i rhoi ar gefn eich cadair. Roedd y dosbarth fel y bedd, a phawb yn sbïo arnoch chi.

'Wel,' meddech chi o'r diwedd. 'Rwy'n cymryd eich bod chi wedi gweld yr hysbyseb yn y papur bore 'ma.'

'Fy mai i ydy o,' meddai Rhun yn sydyn, a throdd pawb i edrych arno'n syn. Dydy Rhun ddim yn un i dderbyn y bai am unrhyw beth, hyd yn oed pan mae'n amlwg i bawb arall mai fo sydd ar fai.

'Beth rwyt ti'n feddwl, Rhun?' Roedd eich talcen chi wedi crychu i gyd.

'Am fod Mam wedi cwyno amdanoch chi,' cyfaddefodd Rhun. 'Mi ysgrifennodd hi at y pennaeth. Doedd hi ddim yn licio'r ffaith eich bod chi wedi gofyn i ni chwilio am wefannau tai ar y we. Roedd hi'n dweud eich bod chi'n rhoi gwersi busnesu i ni.'

'Mi gwynodd Mam am ein bod ni wedi gorfod chwilio am gyflogau ein swyddi delfrydol,' meddai Helena, a llithrodd deigryn fach i lawr ei grudd. Roedd hynny'n syndod. Dydy Helena ddim yn un o'r bobl yna sy'n crio'n hawdd. Dwi ddim yn meddwl 'mod i wedi ei gweld hi'n crio ers Blwyddyn Dau, pan syrthiodd hi yn yr iard a thorri ei boch. Roedd rhaid iddi fynd i'r ysbyty bryd hynny. 'Roedd hi'n meddwl eich bod chi'n rhoi gormod o bwyslais ar bres, ac y dylian ni fod yn canolbwyntio ar ba swydd oedd yn mynd i'n gwneud ni'n hapus.'

''Dach chi'n meddwl 'mod i wedi cael y sac?' gofynnoch chi mewn syndod, cyn gadael i wên ledaenu dros eich wyneb. 'O, bobol bach. Rhowch y gorau i boeni. Nid yr ysgol sy'n cael gwared arna i. Fi sydd wedi penderfynu mynd.'

'Ond y dyn mewn siwt ddu yng nghefn y dosbarth ...' meddai Rhun. 'A'r diwrnod roedd y pennaeth yn sefyll yng nghefn y stafell ...'

'Roedd rhaid iddyn nhw ddod 'ma ar ôl i'r ysgol dderbyn cwynion.' Mi wenoch chi wedyn, fel petaech chi'n falch fod rhywun wedi cwyno amdanoch chi. 'Ond ro'n nhw'n hapus iawn â'r ffordd dwi'n eich dysgu chi. Mae'r ddau wedi bod yn grêt.'

'Pam rydach chi'n mynd, 'ta?' gofynnais. Wyddwn i ddim 'mod i'n mynd i ofyn y cwestiwn nes iddo ddod allan, ac roeddwn i'n swnio'n flin, braidd.

'Rwy'n symud o'r ardal. 'Nôl i'r de, i fi gael bod yn nes at fy nheulu. Byddaf i'n dysgu mewn ysgol lawr fan 'na.'

Fedrwn i fyth gyfaddef wrthoch chi go iawn, Mr Rowlands, ond mi ga' i ei ddweud yn y fan hyn, gan na fyddwch chi byth yn cael darllen y llyfr yma.

Roeddwn i'n flin efo chi.

Drwy'r dydd, roeddwn i'n dawel ac yn biwis, yn methu mynd i hwyl wrth sgwrsio efo Rhun. Roedd popeth yn mynd ar fy nerfau. Fedrwn i ddim coelio bod pawb yn y dosbarth wedi derbyn hyn, ac yn cario 'mlaen efo'u gwaith.

Roeddwn i'n falch pan ddaeth hi'n amser mynd adref.

Am newid, roedd Mam yn y gegin pan gyrhaeddais i 'nôl. Roedd hi'n llenwi'r peiriant golchi efo cynfasau gwyn, a gwenodd wrth i mi ddod i mewn. Taflais fy mag ysgol i'r gornel, heb wenu yn ôl arni.

'Be' sy'n bod?' gofynnodd Mam, gan godi ar ei thraed. Ond doeddwn i ddim eisiau siarad efo hi. Doeddwn i ddim eisiau siarad efo neb. Taranais i fyny'r grisiau a mynd i fy llofft, a chau'r drws yn glep y tu ôl i mi.

Fel 'na rydw i wedi bod drwy'r nos. Pan es i lawr i gael swper, meddai Lisa, 'Be' sy'n bod?'

'Dydy o'n ddim byd i'w wneud efo chdi!'

'Ocê, ocê. Dim ond gofyn wnes i.'

Ofynnodd Dad ddim beth oedd yn bod, ond sylwais ei fod o'n craffu arna i dros ei gawl.

Heno, ar ôl i mi fynd i'r gwely a dechrau ysgrifennu hwn, daeth cnoc ysgafn ar y drws. Roeddwn i'n siwr mai Lisa fyddai yno, wedi dod jest i fynd ar fy nerfau i, ond na. Pen Dad ddaeth i'r golwg rownd y drws. Dydy Dad ddim y math o ddyn sy'n dod i fyny i ddweud nos da.

Roedd gen i ofn y byddai o'n gwylltio ar ôl gweld yr olwg ar fy llofft. Rydw i heb lanhau yma ers hydoedd, ac mae Dad yn sgut am gadw pethau'n daclus. Ond doedd o ddim fel petai o'n gweld y llanast.

'Ga' i ddod i mewn am funud?'

Nodiais. Camodd Dad drwy'r drws, a throedio drwy'r holl ddillad budron a'r cwpanau gwag ar lawr i ddod i eistedd ar fy ngwely.

'Wyt ti'n iawn, Huw?'

Nodiais, er nad oeddwn i ddim.

'Mi wnes i sylwi dros swper dy fod ti braidd yn dawel. Ddigwyddodd 'na rywbeth yn yr ysgol?'

Wnes i ddim ateb. Doeddwn i ddim eisiau gwadu'r peth, ond doeddwn i ddim yn siwr sut i'w egluro chwaith.

'Dwi'n gwybod nad ydw i gystal â Mam am wneud y math yma o beth,' meddai Dad wedyn. 'Ond dwi yma i ti, os wyt ti eisiau sgwrs.'

Roedd o ar fin codi a gadael pan ddywedais i, 'Mae Mr Rowlands yn gadael.'

Nodiodd Dad, fel petai popeth yn gwneud synnwyr rŵan.

'Aaa. Dwi'n gweld.'

'Mae o'n symud i'r de. Bydd o'n dysgu mewn rhyw ysgol yn fanno.'

'Wel, mae o'n dod o Abertawe, on'd ydy? Mae'n siŵr ei fod o eisiau bod yn agosach at ei deulu.'

'Dyna ddywedodd o.' Yr hyn feddyliais i oedd *Be' ydy'r ots am ei deulu fo? Be' am ein dosbarth ni?* Ond roeddwn i'n gwybod mor afresymol byddai hynny'n swnio.

'Rwyt ti'n hoff iawn o Mr Rowlands, on'd wyt?' Fyddwn i byth yn cyfaddef wrth unrhyw un, Mr Rowlands, ond pan ddywedodd Dad hynny, teimlais rywbeth yn cracio'r tu mewn i mi. Er 'mod i'n flin, dechreuodd dagrau lifo i lawr fy ngruddiau. Pan sylwodd Dad arnyn nhw, edrychodd fymryn yn betrus, ond wedyn dechreuodd nodio eto.

'Mae o'n wahanol i'r athrawon eraill. Fedra' i ddim coelio ei fod o'n mynd i'n gadael ni, Dad! Fel tasa 'na ddim ots am ein dosbarth ni o gwbl.' Roedd Dad yn dawel am ychydig, ac wedyn dechreuodd siarad.

'Meddylia di sut beth ydy bod yn athro, 'ta! Yn cael dosbarthiadau cyfan yn dod i'w nabod nhw a phawb yn ffrindiau am flynyddoedd, ac wedyn mae'r dosbarth yn symud ymlaen at athro arall neu ysgol arall.' Sniffiais yn uchel. Roeddwn i heb feddwl am hynny.

'Roedd Lisa wrth ei bodd efo Mr Rowlands hefyd. Roedd hi'n union fel ti, yn dweud mai fo oedd yr athro gorau erioed a'i bod hi'n meddwl y byd ohono fo. Dwi'n cofio'i gweld hi'n crio'r glaw pan adawodd hi ei ddosbarth o.'

'*Mae* o'n athro da iawn.'

'Ond wedyn, mi symudodd hi i'r ysgol uwchradd, a chwrdd ag athrawon newydd oedd yn ei hysbrydoli hi. Ti'n gweld, mae pethau'n newid o hyd.'

'Ond mae'n hawdd i Lisa,' meddwn yn ddigalon.

'Sut hynny?'

'Mae hi mor glyfar! Ac yn boblogaidd, ac yn dda mewn chwaraeon, ac yn y clwb drama ... A 'dach chi wrth eich bodd efo hi.' Syllodd Dad arna i a'i geg yn agored, fel petawn i wedi rhegi. Roedd o'n dawel am amser hir, hyd yn oed wrth i mi ymestyn am hances a chwythu 'nhrwyn.

'Dwi wrth fy modd efo'r ddau ohonoch chi,' meddai Dad o'r diwedd mewn llais bach.

'Dwi'n gwybod hynny!' meddwn i'n frysiog. Dyna i chi gamgymeriad. Dydach chi byth i fod i gyfaddef eich bod chi'n gwybod bod rhiant yn licio un plentyn yn fwy na'r llall. Penderfynais newid drywydd y sgwrs.

'Mae'n teimlo fel nad oes ots gan Mr Rowlands.'

'Dwi'n siŵr ei fod yn anodd iddo fo, hefyd,' meddai Dad. 'Ond paid â phoeni, Huw. Byddi di'n cwrdd â llawer o athrawon fel fo.' Roeddwn i'n teimlo fymryn yn well wedyn. Erbyn i Dad adael fy llofft, doeddwn i ddim yn flin mwyach.

Wyddoch chi be', Mr Rowlands? Efallai mai Dad sy'n iawn. Efallai ei fod o wrth ei fodd efo Lisa a finnau. Achos rŵan 'mod i'n meddwl am y peth, fedra i ddim cofio'r tro diwethaf iddo ddod i fy llofft i wneud yn siŵr 'mod i'n iawn.

Annwyl Mr Rowlands,

Rydw i heb ysgrifennu ers amser hir. Y gwir ydy 'mod i wedi bod yn brysur iawn.

I ddechrau, rydw i wedi bod yn gwneud mwy o gwmpas y tŷ i helpu er mwyn hel pres. Dyma restr o'r pethau dwi wedi bod yn eu gwneud ers i mi ysgrifennu ddiwethaf:

Golchi car Dad eto:	£ 5
Gwneud swper eto, ddwywaith:	£ 10
Newid cynfasau'r gwlâu:	£ 5
Glanhau'r oergell (afiach):	£ 5
Sortio'r sanau yn barau:	£ 7

(Mae hyn yn swnio fel llawer o bres, ond roedd 'na hanner bag bin o sanau, wedi ymgasglu dros flynyddoedd maith. Roedd sanau yno ers pan o'n i'n fabi efo traed bach, bach.)

Mae hynny'n gyfanswm o £32. Dwi'n siŵr eich bod chi wedi gweithio hynny allan yn barod. Ac o gofio bod gen i £39.71 arall pan ysgrifennais i ddiwethaf, dwi'n siŵr eich bod chi wedi gweithio allan fod hynny'n gyfanswm o £71.71. Hen ddigon o bres i brynu *Cloud Runners*.

Y peth ydy, Mr Rowlands, mae'n anodd iawn peidio gwario pres unwaith mae o gennych chi. Mae bron yn amhosib, a dweud y gwir. Aeth £7.29 ar fynd i weld ffilm yn y sinema eto. Gwariais £10 mewn eiliad wan yn y siop gêmau – gêm ail-law oedd ddim hanner cystal â *Cloud Runners*. Gwastraff arian llwyr.

Mi wariais i £10 ar Lisa, hefyd.

Doeddech chi ddim yn disgwyl i mi ddweud hynny, dwi'n siŵr. Ond dyma ddigwyddodd.

Dwi wedi dweud wrthoch chi sut un ydy Lisa – clyfar, hyderus, del. Y gwrthwyneb i fi. Mae'n siŵr eich bod hi'n ei chofio hi o'r adeg roedd hi yn eich dosbarth chi. Bydd Lisa'n cael graddau anhygoel yn yr ysgol heb drio, a dyna pam roedd yn gymaint o sioc pan gafodd hi C- mewn Saesneg ar ei hadroddiad.

Rŵan, i fi, byddai C- yn dda. Byddwn i'n eithaf balch o radd fel 'na. Ond dydy Lisa erioed wedi cael C- o'r blaen, ac roedd hi yn ei dagrau yn dangos yr adroddiad i Mam a Dad wrth fwrdd y gegin.

'Y minws sy'n fy nghael i, nid yr C,' meddai Dad. 'Yn yr ysgol uwchradd, mae'r graddau yn dangos mor dda ydach chi wedi gwneud. A ydy'r gorau, F ydy'r gwaethaf. Ac os ydach chi'n cael +, mae hynny'n golygu eich bod chi wedi trio'ch gorau glas, a – yn golygu y byddech chi wedi medru gwneud yn well.'

'Ond mi wnes i drio'n galed!' llefodd Lisa. 'Dydy Miss Bennett Saesneg ddim yn fy licio i!' Byddai hynny wedi gweithio'n gret yn nhŷ Rhun, fel 'dach chi'n gwybod, ond doedd Mam a Dad yn gwrando dim.

'Roeddat ti'n gwneud mor dda yn Saesneg y llynedd,' meddai Mam mewn llais meddal. 'Be' ddigwyddodd, Lis?' Ysgydwodd Lisa'i phen, fel tasa hi ddim yn deall. Roedd hi wedi crio gymaint nes bod ei cholur llygaid du wedi rhedeg i lawr ei hwyneb, a gwneud iddi edrych fel sombi.

Dwi'n cyfaddef, roeddwn i'n teimlo bechod drosti, ac nid yn aml byddaf i'n teimlo fel 'na tuag at Lisa.

'Y llynedd, buon ni'n astudio dramâu a llyfrau, ac yn ysgrifennu amdanyn nhw,' sniffiodd fy chwaer. 'Ond eleni, mae Miss Bennett wedi bod yn canolbwyntio ar ysgrifennu storis a ballu. Ac mae hi'n ysgrifennu pethau mor gas ar waelod fy storis i ...'

'Fel be'?' gofynnodd Mam.

'Dweud bod fy straeon i'n "*boring and rather unoriginal*", a phetha felly. Nid fy mai i ydy o! Pan fydd hi'n gofyn i mi ysgrifennu stori, dwi byth yn gallu meddwl am unrhyw beth diddorol i'w ysgrifennu.' Trodd i edrych arna i. 'Dwi ddim yn glyfar fel Huw.' Agorodd fy ngheg mewn syndod (oedd braidd yn afiach, gan 'mod i newydd stwffio bisged gyfan i 'ngheg.)

'Fi?!' gofynnais, ar ôl llyncu. 'Dwi 'rioed wedi cael A mewn dim byd yn fy mywyd oll!'

'Ond mi fedri di ysgrifennu stori!'

'Mae gan bawb gryfderau gwahanol,' meddai Mam, yn trio osgoi ffrae. 'Ond mae o'n bwynt da. Falla y byddai Lisa'n medru dy helpu di efo dy fathemateg, Huw, a chditha'n rhoi help llaw iddi efo'i storis?'

'Dwi ddim yn mynd i dderbyn help gan hogyn bach fel fo!' bloeddiodd Lisa, wedi ei thramgwyddo go iawn.

'Dwi ddim yn hogyn bach!' gweiddais innau 'nôl.

'Ocê, ocê,' meddai Dad. 'Huw, dos i fyny'r grisiau i wneud dy waith cartref.'

'Dwi wedi ei orffen o'n barod.'

'Wel, dos i ddarllen dy lyfr, 'ta!'

Ac i ffwrdd â fi.

Y noson honno, roeddwn i yn fy llofft yn chwarae

gêm pan glywais i sŵn o lofft Lisa. Fel arfer, sŵn sgwrsio neu deipio sy'n dod o'i llofft hi. Mae hi wastad ar y ffôn efo rywun, neu'n cael sgwrs dros y we. Ond nid y noson honno.

Sŵn sniffian oedd o. Roedd hi'n crio.

Efallai y dyliwn i fod wedi mynd ati. Wedi'r cyfan, roeddwn i'n gwybod yn iawn sut roedd hi'n teimlo. Rydw i wedi bod yn yr un sefyllfa ganwaith, wedi colli llond bwcedi o ddagrau dros raddau gwael a sylwadau athrawon ac wyneb siomedig Dad. Ond es i ddim ati, Mr Rowlands, achos roeddwn i'n siŵr na fyddai hi eisiau 'ngweld i. Doedd hi ddim hyd yn oed yn fy licio i. Pam yn y byd byddai hi eisiau cysur gan rywun nad oedd hi'n hoff ohono?

Ond roeddwn i'n methu stopio meddwl am y peth, chwaith. Roedd hi wedi sychu ôl ei dagrau erbyn brecwast y bore wedyn, ac wedi rhoi haen newydd o golur ar ei hwyneb, ond doedd hi ddim yr un fath ag arfer, ddim yn union. Roedd hi'n dawel, dawel, a chymerodd hi ddim brecwast.

Drwy'r dydd yn yr ysgol, bues i'n meddwl amdani. A dwi'n addo i chi, dydy hynny ddim yn digwydd yn aml. Ond fedrwn i ddim peidio â meddwl am y teimlad cas yna sy'n corddi yn fy mol i pan fyddaf i'n gwneud yn wael yn yr ysgol, neu'n cael ffrae gan Dad. Does 'na ddim teimlad gwaeth, a dydy o ddim yn mynd i ffwrdd fel mae poen yn y bol. Meddyliais am Lisa'n cerdded o gwmpas efo'r teimlad yna, ac er ei bod hi'n boen weithiau, roedd yn gas gen i feddwl ei bod hi'n ddigalon.

Felly, ar ôl ysgol, rhedais adref i nôl fy mhres, a rhedeg yn syth i'r dref cyn i mi newid fy meddwl. Rydw i'n gwybod beth ydy ei hoff bethau hi, a llwythais fy masged yn y siop. Bar mawr o'r siocled gwyn mae hi'n ei hoffi, swigod bath arogl cnau coco, pop crand, cylchgrawn sgleiniog efo llun o ddynes ifanc ar y clawr. Wnes i mo'r symiau yn fy mhen wrth i mi gerdded o gwmpas y siop, ac mi gefais dipyn o sioc o weld fod y pethau'n costio bron iawn i ddecpunt.

Roedd Lisa yn y gawod pan es i adref (yn llenwi'r plwg efo blew, mae'n siŵr), felly sleifiais i mewn i'w llofft a gadael y pethau ar ei gwely. Wedyn, es i i fy llofft a chau'r drws.

Yn hwyrach, roeddwn i yn y gegin fel roedd Mam yn gwisgo'i chôt amdani i fynd i'r gwaith pan ddaeth Lisa i lawr y grisiau a rhoi ei breichiau amdani. 'Diolch, Mam,' meddai, a'i llais yn gryg i gyd, fel petai hi wedi bod yn crio eto.

Wel, wrth gwrs, roedd Mam mewn penbleth llwyr. 'Wel, diolch Lis, ond am be' rwyt ti'n sôn?'

''Dach chi'n gwybod yn iawn! Y siocled, a'r pop, a'r sebon bath a'r cylchgrawn.' Ond o weld wyneb Mam, roedd yn amlwg nad oedd ganddi syniad am be' roedd Lisa'n sôn. 'Ro'n nhw ar fy ngwely pan ddois i allan o'r gawod!'

'Ond ... fyddai dy dad ddim wedi ...' Ac wedyn, fel petai'r ddwy wedi cael yr un syniad yn union yr un pryd, trodd y ddwy yn araf i edrych arna i.

Syllais yn ôl arnyn nhw.

'*Chdi*?!' meddai Lisa mewn anghrediniaeth lwyr.

'Peidiwch â gwneud ffýs,' meddwn i, gan ddechrau gwrido.

'Chdi?!' meddai Mam.

'Ond pam?' gofynnodd Lisa. Roeddwn i'n dechrau difaru prynu'r pethau o gwbl.

'Tydy o ddim yn deimlad neis pan wyt ti'n cael

adroddiad siomedig,' esboniais. 'Ro'n i'n teimlo bechod drosta chdi.'

A be' ddigwyddodd wedyn? Dechreuodd Lisa grio, a Mam hefyd. Daeth y ddwy amdana i er mwyn rhoi eu breichiau amdana i, ond mi lwyddais i ddianc mewn pryd, diolch byth.

'Ro'n i iso i chdi stopio crio, ddim dechrau eto,' cwynais wrth i mi ddianc i fyny'r grisiau i fy llofft. Hy. Dwi ddim yn meddwl y gwna i ddeall Lisa byth.

Felly...

£ 7 1 . 7 1

Mynd i'r pictiwrs a phrynu siocled:	- £ 7 . 29
Gêm ail-law:	- £ 10
Anrhegion i Lisa:	- £ 10
	= £ 4 4 . 4 2

Llai na phunt i fynd, Mr Rowlands! Llai na phunt! Ac mi gaf i brynu'r gêm o'r diwedd!

(15)

Annwyl Mr Rowlands,

'Faint o bres sy' gen ti erbyn hyn?' gofynnodd
Dad bore 'ma. Roeddwn i wedi gofyn iddo'n barod a oedd
ganddo unrhyw beth i mi ei wneud o gwmpas y tŷ, ond
roedd Mam wedi treulio drwy'r dydd ddoe yn glanhau.
Fydd hynny ond yn digwydd tua unwaith bob chwe mis, ac
fel arfer dwi wrth fy modd, ond roedd o jest yn golygu nad
oedd dim i mi ei wneud heddiw.

'£44.42.'

'A faint mae'r gêm yn ei gostio?'

'£44.99.'

'Aaa,' gwenodd Dad. 'Wel! Chwarae teg. Ti 'di
gweithio'n galed am y gêm yna.'

Ychydig wythnosau yn ôl, byddwn i wedi rhoi ateb
powld i hynny, rhywbeth fel, 'Do, dim diolch i chi' neu,
'Does 'na neb arall yn gorfod gweithio mor galed â fi'.
Ond am ryw reswm, dwi ddim yn teimlo fel bod fel 'na
mwyach. Dydy o byth yn helpu pethau, a dwi ddim yn
licio'r teimlad o fod yn rhywun sy'n ateb yn ôl o hyd.

'Be' am i ni fynd i lawr i'r dre efo'n gilydd bore
'ma?' cynigodd Dad. Rŵan, roedd hyn yn dipyn o syndod.
Yn un peth, dydy Dad ddim yn hoff iawn o fynd i'r dre, yn
enwedig ar fore Sadwrn pan fydd popeth yn brysur. Mae
o'n casáu siopa, ac mae o'n treulio'i ddyddiau Sadwrn yn
gwneud yr un pethau bob wythnos – loncian, mynd am dro

neu wneud rhyw waith trwsio yn y tŷ. Y math yna o beth.

'Oes angen i ni nôl rhywbeth o'r siop?' gofynnais, gan feddwl efallai ein bod ni wedi rhedeg allan o laeth neu fara. Ysgwyd ei ben wnaeth Dad.

'Meddwl y byddai'n braf i ni fynd i lawr i'r dre efo'n gilydd. Benthyg ffilm o'r llyfrgell, falla. Mi a' i â chdi i gaffi i gael cinio!'

Ew.

Dwi'n gwybod am rai teuluoedd, Mr Rowlands, sy'n mynd i gaffis o hyd. Bron bob dydd Sadwrn, maen nhw'n cael cinio allan, neu'n cael tec-awe yn y nos.

Roeddwn i yn nhŷ Rhun ryw dro pan ddywedodd ei fam, 'O, 'sgin i ddim amynedd coginio heno. Dwi am biciad i'r siop jîps.' A wnaeth neb, neb yn y tŷ, ddweud 'Yessss!' na 'O, diolch Mam!' Aeth pawb ymlaen efo be' roedden nhw'n ei wneud. Doedd o'n ddim byd arbennig.

Yn ein tŷ ni, ar y llaw arall, mae tec-awe yn achlysur mawr. Fel arfer, dydyn ni 'mond yn ei gael o ar ben-blwydd rhywun, neu os bydd 'na achos arall i ddathlu. Bryd hynny, byddwn ni'n penderfynu o leiaf wythnos o flaen llaw beth i'w gael: 'Wyt ti'n ffansio Chinese? Neu gyri? O, rydan ni heb gael sglods ers hydoedd, ac mae pys slwj y siop yn y dre moooor flasus ...' Wedyn, rydyn ni'n gwneud yn siŵr ein bod ni'n cael cinio bach a dim byrbrydau ar ôl hynny, fel ein bod ni wir eisiau bwyd erbyn i amser swper gyrraedd. Dwi wrth fy modd yn arogli'r bwyd pan fydd Mam neu Dad yn dychwelyd o'r tec-awe efo bagiau llawn bwyd, eu hwynebau'n wên i gyd.

Felly roedd cynnig Dad i fynd â fi i gaffi am ginio yn un hollol annisgwyl. Syllais arno mewn penbleth.

'Be'?' gofynnodd o'r diwedd.

'Dydan ni byth yn mynd i gaffis,' esboniais. 'Dydach

chi byth yn mynd i'r dre!' Chwarddodd Dad.

'Ocê, ocê. Dwi isio mynd â ti allan achos 'mod i'n falch ohonat ti. Mi ddywedodd Mam mor glên oeddat ti efo Lisa wythnos diwetha'. Chwarae teg i ti.'

Hynna eto! O'r ffordd roedd pobl yn mynd 'mlaen a 'mlaen am y peth, mi fyddech chi'n meddwl 'mod i wedi stopio rhyfel neu sortio holl dlodi'r byd allan. Ond ddywedais i mo hynny wrth Dad. Os oedd o am fynd â fi allan am ginio, pwy oeddwn i i ddweud na?

I'r Llew Gwyn aethon ni yn y diwedd, tafarn fawr yng nghanol y dref, i gael cinio cynnar. Roedd y lle'n brysur, yn llawn teuluoedd yn cael cinio sydyn ar ganol diwrnod prysur o siopa. Roeddwn i heb gael bwyd yno ers pen-blwydd Lisa'n 13.

Mi ges i glamp o fyrgyr mawr, a sglodion hyfryd a salad bach. Cawl gafodd Dad (fedra i ddim deall pobl sy'n dewis cawl pan fydd sglodion ar gael. Mae oedolion mor rhyfedd weithiau). Roeddwn i newydd orffen fy mhwdin (*knickerbocker glory* oedd bron iawn yn ormod i mi) pan ddywedodd Dad, 'Tyrd yn dy flaen, 'ta.'

'I ble rydan ni'n mynd rŵan? I'r llyfrgell?' gofynnais i godi. Ysgydwodd Dad ei ben.

'Mi gei di weld.' Dyma fo, meddyliais. Mae o'n mynd i'w wneud o. Wrth i ni gerdded i lawr y stryd fawr, cafodd fy nychymyg y gorau arna i ...

Roedd y siop gêmau'n brysur, fel roedd hi bob amser

ar ddydd Sadwrn. Safai criwiau o blant o boptu'r silffoedd yn darllen bocsys y gêmau.

Edrychai Dad yn rhyfedd yn y siop. Roedd o'n llawer hŷn na phawb arall yn un peth. Aeth yn syth at y dyn ifanc sy'n gweithio yno, yr un tal efo gwallt hir a smotiau melyn ar ei ên. Dilynais Dad, yn swil braidd. Roedd llawer o hogiau fy nosbarth yn y siop.

'Rydw i eisiau prynu gêm o'r enw Cloud Runners i fy mab,' meddai Dad yn uchel. Estynnodd y dyn y tu ôl i'r til am gopi o'r gêm, a'i roi ar y cownter.

'Iawn,' meddai. 'Ond mae'n ddrud, y gêm yma. £44.99.'

'Hyd yn oed tasa hi'n costio canpunt, mi faswn i'n prynu'r gêm yma i Huw,' meddai Dad yn bendant. 'Achos fo ydy'r mab gorau yn y byd. Taswn i'n dweud wrthoch chi mor anhygoel mae o wedi bod yn ddiweddar, mor garedig a chlyfar ac annwyl ...'

Ac yna, wrth i Dad dalu am y gêm, dechreuodd pawb yn y siop glapio, achos roedden nhw'n cytuno efo Dad. Roeddwn i'n haeddu gwobr am bob dim ...

Rhaid i mi gyfaddef, mi ges i dipyn o siom pan gerddodd Dad heibio i'r siop gêmau.

Bu bron iawn i mi stopio'n stond, a dweud, 'Hei, Dad! Dyma'r siop! Rŵan, prynwch y gêm i mi!' Diolch byth na wnes i. Ymhen eiliadau, roeddwn i wedi llyncu fy siom nad oedd Dad am brynu *Cloud Runners* i mi wedi'r cyfan. Beth roedd o wedi ei gynllunio, 'ta? Rhywbeth gwell na phrynu gêm?

'Mae hyn yn gyffrous iawn,' meddai Dad, wrth iddo droi a cherdded at y banc.

Ia, dyna fo. Y banc.

Ochneidiais yn dawel, cyn meddwl efallai ei fod o'n mynd i nôl y pres i brynu'r gêm. Ond pan gyrhaeddodd y cownter, meddai'n falch, 'Rydan ni yma i agor cyfrif banc i fy mab.'

Ydach chi'n cofio diwedd tymor diwetha', Mr Rowlands, pan oedden ni wedi gorffen ein gwaith ac yn cael chwarae gêmau gwirion? Fy hoff gêm i oedd 'Brawddegau Diflas'. Roedd pawb yn y dosbarth yn gorfod meddwl am frawddegau hollol ddiflas, a'r un orau (neu waethaf, yn dibynnu ar sut 'dach chi'n meddwl am y peth) yn ennill bar o siocled.

'Mae'r trydan i ffwrdd yn tŷ ni drwy'r dydd,' oedd un Rhun, am ei fod o'n hollol gaeth i'r teledu a chyfrifiaduron.

'Gad i ni drafod gêmau pêl-droed y penwythnos!' oedd un Noa Evans. Mae o'n casáu chwaraeon.

'Y pnawn 'ma, rydan ni am dreulio cwpl o oriau yn siarad am rannu hir,' oedd fy un i. Mi wnaethoch chi chwerthin.

Helena enillodd efo 'Ew, mae hi'n oer!' Roeddech chi'n licio'r un yna. Mi ddywedoch chi fod pobl yn siarad am y tywydd yn aml os nad ydyn nhw'n gwybod beth arall i'w ddweud, neu'n ceisio osgoi siarad am rywbeth arall.

Wel, Mr Rowlands, mi liciwn i ychwanegu'r frawddeg, 'Rydan ni yma i agor cyfri banc i fy mab' at y rhestr, os gwelwch yn dda.

Roedd y ddynes y tu ôl i'r cownter yn edrych yn hapus iawn am hyn. Aeth hi â ni i ystafell fach a gofyn llwyth o gwestiynau i ni. Er ei bod yn gyfeillgar iawn, doeddwn i ddim yn siŵr ohoni. Roedd hi'n siarad efo fi fel taswn i'n blentyn bach.

'Wel, Huw, rwyt ti am agor cyfri banc, wyt ti? Dyna i ti gyffrous! Byddi di fel oedolyn rŵan!'

Roeddwn i eisiau ateb nad oedd yn gyffrous o gwbl, a plîs fyddai hi'n stopio siarad efo fi fel 'na, a bod dim o'i le ar fy nghlyw. Ond gwenu'n ddel wnes i, wrth gwrs. Dim ond trio bod yn glên roedd hi.

Felly, ar ôl i mi ateb yr holl gwestiynau, ac i Dad a fi lofnodi rhyw bapurau, gofynnodd y ddynes faint o bres roeddwn i am ei roi yn fy nghyfri banc.

Edrychais ar Dad.

'Wel,' meddai Dad. 'Mi ddwedaist ti fod gen ti £44.42.' Trodd at y ddynes. 'Mae o wedi bod yn gwneud jobsys bach o gwmpas y tŷ, ac mae o'n hel ei bres i brynu gêm.' Gwenodd y ddynes.

'Da iawn! Mae'n swnio fel petaet ti bron yna. Felly, £44.42 ydy'r cyfanswm rwyt ti am dalu i mewn, ia?'

'Wel ...' Doeddwn i ddim eisiau bod yn anniolchgar nac yn ddigywilydd. Roedd pawb yn trio bod yn glên efo fi. Ond roedd rhaid i mi ddweud y gwir yn y diwedd. 'Dwi ddim yn siŵr a oes angen cyfrif banc arna i. Dwi wedi bod yn cadw 'mhres yn fy waled o dan y gwely. Pam baswn i eisiau ei symud o?'

Roedd Dad ar fin dweud rhywbeth pigog, fel 'Pam na ddwedaist ti hynny cyn i ni lenwi'r holl waith papur yma?' ond chafodd o ddim cyfle.

'Cwestiwn da iawn, a dwi'n falch dy fod ti'n holi,' meddai'r ddynes. Roedd y llais-plant-bach wedi diflannu rŵan. Dwi'n meddwl ei bod hi wedi sylweddoli nad hogyn bach ydw i. 'Dy bres di ydy o, wedi'r cyfan, ac os wyt ti

85

eisiau parhau i'w gadw fo yn dy waled, mae hynny'n iawn. Ond gad i mi esbonio wrthat ti pam mae cyfrif banc yn beth da. Wyt ti'n gwybod be' ydy llog, Huw?'

Fedra i ddim cofio yn union beth ddywedodd hi wedyn, ond mi wnes i ddeall yn iawn. Dweud oedd hi fod y banc yn talu ychydig bach o bres i chi am ddewis eu banc nhw – dim lot, ond y mwyaf o bres sydd yn y cyfrif, y mwyaf o log sy'n cael ei dalu.

'Felly, i mi gael deall yn iawn,' meddwn i. 'Po hiraf dwi'n gadael y pres yn y banc heb ei wario fo, mwyaf o log byddwch chi'n ei roi yn fy nghyfrif i?'

Gwenodd y ddynes. 'Rwyt ti wedi'i deall hi.' Trodd hi at Dad. 'Mae gennych chi hogyn clyfar iawn, Mr Llwyd.'

Felly dyna fo. Mae pob ceiniog sy'n perthyn i mi yn y banc yn y dref, rŵan. Mi fyddaf i'n cael cerdyn banc yn y post wythnos nesaf, a llyfr bach sy'n dweud wrtha i sut i roi mwy o bres yn y cyfrif. Mae o'n deimlad braf, Mr Rowlands. Dwi'n teimlo fel taswn i bron iawn yn oedolyn.

(16)

Annwyl Mr Rowlands,

Y tu ôl i'ch cefn chi, mae'n dosbarth ni wedi bod
yn trafod beth i'w gael i chi fel anrheg pan fyddwch chi'n
mynd. Dim ond pythefnos sydd tan ddiwedd y tymor erbyn
hyn.

'Mae'r rhieni wedi trefnu rhywbeth,' meddai Rhun.
Roedd y dosbarth i gyd wedi ymgasglu o dan ffenestri'r
ffreutur yn ystod amser chwarae'r pnawn er mwyn cael
penderfynu beth i'w wneud.

'Mae'r rhieni wedi trefnu rhywbeth ofnadwy o
ddiflas,' meddai Helena. 'Maen nhw'n mynd i brynu llun
mawr o ryw fynydd iddo fo fel presant ffarwelio. Bydd o'n
ei gasáu o.' Ochneidiodd Helena. 'Mae o'n siŵr o smalio ei
fod o wrth ei fodd, ond bydd o'n ei gasáu o go iawn.'

'Sut rwyt ti'n gwybod hyn i gyd?' gofynnais.

'Mam sydd wedi trefnu'r holl beth,' atebodd yn
ddigalon. 'Dwi wedi trio dweud wrthi.'

'Dwi'n meddwl y dylen ni gael parti,' meddai Rhun.
'Ar ddiwrnod ola'r tymor. Balŵns, cacennau, gêmau.'

'Dwi ddim yn teimlo fel dathlu ei fod o'n mynd,'
meddai Noa Evans yn ddigalon.

'Ddim i ddathlu ei fod o'n mynd, siŵr. Dathlu ei fod
o wedi bod efo ni o gwbl.'

Roedd 'na dawelwch am ychydig wedyn. Dwi'n
credu bod pawb yn meddwl am yr holl bethau y byddan

nhw'n hiraethu amdanyn nhw pan fyddwch chi wedi mynd.

'Mae'r parti'n syniad da,' meddwn i. 'Ond dwi'n meddwl y dylen ni roi rhywbeth iddo hefyd. Rhywbeth y gallith ei gadw am byth.'

'Unrhyw syniadau?' holodd Rhun. Dwi'n meddwl ei fod o fymryn yn flin 'mod i wedi awgrymu nad oedd ei syniad am barti'n ddigon.

'Oes, a dweud y gwir. Gwaith cartref.' Ochneidiodd pawb, ac ysgwyd eu pennau. 'Na, na, arhoswch funud. Does dim raid iddo fod yn hir. Traethawd, neu stori, neu lun, neu unrhyw beth. A'r teitl fydd "Beth mae Mr Rowlands wedi ei ddysgu i mi".'

Tawelwch eto. Chwarae teg, mae 'nosbarth i'n adnabod syniad da pan maen nhw'n clywed un.

17

Annwyl Mr Rowlands,

Mae'r tywydd mor boeth ar hyn o bryd nes ei bod hi'n anodd gwybod beth i'w wneud. Rydyn ni'n cadw'r ffenestri'n agored, er bod y gwylanod yn sgrechian tan yn hwyr, a heb flancedi ar ein gwlâu, ond rydyn ni'n dal i fod yn rhy boeth i gysgu.

Mae Mam yn casáu tywydd fel hyn. Mae'n dweud ei bod yn anodd iawn gweithio yn y cartref henoed pan mae hi mor boeth, achos bod yr hen bobl i gyd yn anghysurus ac yn cael trafferth cysgu.

Heno, ar ôl swper, paciodd Dad y car efo llond y lle o dywelion, ac aeth y tri ohonon ni – Dad a Lisa a fi – i'r traeth. Doeddwn i ddim yn meddwl y byddai Lisa eisiau dod – mae hi'n gwneud esgusion yn lle dod i leoedd efo ni fel arfer – ond roedd hi wrth ei bodd. Tra oedd Dad yn bell allan yn y bae yn nofio, arhosodd Lisa a finnau yn y dŵr bas yn sblasio'n gilydd. Roedd yn teimlo fel roedd o o'r blaen, pan oedd Lisa'n ferch a ddim yn ddynes; pan oedden ni'n dal i fod yn ffrindiau.

'Hei, Huw,' meddai hi ar ôl i ni flino, a'r ddau ohonon ni'n eistedd yn y tonnau. 'Efallai fod Mam yn iawn.'

'Be' ti'n feddwl?'

Gwridodd Lisa. 'Fasat ti'n fy helpu i efo ysgrifennu storis? Achos rydan ni wedi cael ein gwaith cartref dros yr haf, a dyna sy'n rhaid i mi ei wneud. Does gen i ddim syniad lle i ddechrau.'

Syllais arni'n gegagored. 'Wir? Rwyt ti isio fy help i?'

'Ddim lot,' meddai, yn teimlo cywilydd ei bod wedi gofyn. 'Dim ond help i feddwl am y stori. Fedra' i ddim meddwl am unrhyw beth fy hun, dim ond y pethau dwi wedi eu gweld ar y teledu neu eu darllen mewn llyfr.'

'Ocê,' atebais, yn llawn syndod. Lisa yn gofyn i mi am help!

'Mi wna' i dy helpu ditha, os wyt ti isio,' cynigodd Lisa.

'Diolch.' Y gwir oedd, doeddwn i ddim yn teimlo fod llawer o angen help arna i'r dyddiau yma. Ond roedd cynnig Lisa yn un clên, a doeddwn i ddim yn licio gwrthod. Ac efallai, un diwrnod, y bydd angen help Lisa arna i. Roedd yn deimlad braf gwybod y byddai hi yno i mi.

Ar ôl i Dad orffen nofio, gwelodd Lisa rai o'i ffrindiau, a mynd draw atyn nhw. Eisteddodd Dad a fi ar y traeth yn dawel am ychydig.

'Pan awn ni adref, mi gei di lanhau'r oergell os lici di. Dyna £5 arall. Bydd gen ti ddigon o bres i brynu *Cloud Runners* wedyn,' meddai Dad.

'Dwi am brynu un peth arall cyn prynu *Cloud Runners*.'

'O, ia?'

'Wel, mae fy llyfr i bron yn llawn, a dwi am brynu un newydd.' Edrychodd Dad arna i mewn penbleth.

'Dy lyfr di?'

'Yr un wnaethoch chi ei brynu i mi ar ôl i ni fod i weld Mr Rowlands.'

Eisteddodd Dad i fyny'n fwy syth.

'Wyt ti'n dal i ysgrifennu yn y llyfr yna?!' Nodiais.

'Ro'n i'n ei gasáu o i ddechrau. Ond rŵan ei fod o bron yn llawn, rydw i isio un newydd. Dwi'n licio ysgrifennu pethau i lawr.'

'Be' rwyt ti'n ei ysgrifennu ynddo?'

''Dach chi'n cofio Mr Rowlands yn dweud ei bod hi'n haws ysgrifennu llythyrau nag ysgrifennu dyddiadur? Wel, dyna dwi'n ei neud.'

'Ew.' Sgubodd Dad y tywod oddi ar ei goesau efo cefn ei law. 'Da iawn, Huw.' Ystyriodd am eiliad, cyn ychwanegu, 'Does dim isio i ti wario dy bres prin ar lyfr arall. Mi bryna' i un i ti.'

'Diolch,' atebais, gan ddewis fy ngeiriau'n ofalus. 'Ond dwi ddim isio llyfr clawr du fel yr un 'sgin i rŵan. Mi liciwn i gael un mwy lliwgar.' Chwarddodd Dad.

'Mi gei di ddewis un dy hun, Huw, a fi fydd yn talu.'

'Diolch, Dad.'

'Os wyt ti ddim yn meindio 'mod i'n gofyn ... Y llythyrau yn dy lyfr di. At bwy maen nhw?'

'At Mr Rowlands,' atebais. 'Nid fod ots, go iawn. Fydd o byth yn cael eu darllen nhw.'

'Rwyt ti'n meddwl y byd o Mr Rowlands, on'd wyt?' gofynnodd Dad yn feddylgar. Nodiais. Fedrwn i ddweud dim, achos bob tro dwi'n meddwl amdanoch chi, rydw i'n meddwl amdanoch chi'n gadael, ac mae hynny'n brifo. 'Rwyt ti'n lwcus i gael athro fel fo.'

Cofiais wyneb Dad pan aethon ni i gyfarfod â chi yn yr ysgol ychydig fisoedd yn ôl. 'Mae llawer o rieni sy' ddim yn ei licio fo,' meddwn i'n ofalus. Nodiodd Dad.

'Dwi ddim wedi bod yn siŵr ohono cyn hyn,' cyfaddefodd. 'Do'n i ddim yn credu y byddai ysgrifennu yn y llyfr yna'n gwneud unrhyw wahaniaeth i ti.' Ochneidiodd

Dad, ac ysgwyd ei ben. 'Wsti be' ydy'r peth anoddaf am
fod yn rhiant, Huw?' Baswn i wedi medru dyfalu. Gorfod
gofalu am y plant pan maen nhw'n sâl? Yr holl bres mae'n
rhaid ei dalu allan byth a hefyd? Y blew hir ym mhlwg y
bath? Ond mi ddeallais nad oedd hwn y math o gwestiwn
oedd angen ei ateb go iawn.

    'Cyfaddef bod rhywun arall yn gwybod yn well na
fi. Dyna ydy'r peth anoddaf,' meddai Dad. 'A Mr Rowlands –
mae o *yn* gwybod yn well na fi, weithiau.'

    Roedd o'n wir, ond doeddwn i ddim eisiau i Dad
deimlo'n wael.

    'Ond rydach chi'n dda hefyd, Dad.' Gwenodd Dad
yn llydan, a chodi ar ei draed. Gwisgodd ei sgidiau am ei
draed. 'Mae un peth yn sicr. Mae'n biti mawr na chefais
i athro fel Mr Rowlands pan o'n i dy oed di.' Dyna'r tro
cyntaf i mi feddwl fod oedolion, weithiau, yn gwybod bod
ganddyn nhw fwy i'w ddysgu.

$$£44.42$$
$$+£5\qquad \text{am glirio'r oergell}$$
$$=£49.42$$

    Wel. Dyna fo. Ddydd Sadwrn, mi fyddaf i'n gallu
mynd i'r siop i brynu *Cloud Runners*. Mae'n deimlad braf,
achos wyddoch chi be'? Dwi wir yn haeddu'r gêm yna.

18

Annwyl Mr Rowlands,

Rydych chi'n gadael ein hysgol ni fory.

Dwi ddim yn gwybod i le aeth yr amser. Mae'n teimlo fel ddoe pan oedd y dosbarth i gyd yn ymgasglu y tu allan, yn craffu ar yr hysbyseb yn y papur newydd, yn gweithio allan eich bod chi'n mynd.

Mae pob dim yn barod ar gyfer y parti pnawn fory. Mi drefnodd Mam fod 'na ddigon o frechdanau a chreision, ac er nad ydy mam Rhun erioed wedi licio Mr Rowlands, llwyddodd Rhun i'w ddarbwyllo i brynu'r pop a'r da-da. Mae rhywun arall yn dod â chacennau, a rhywun arall yn dod â bisgedi. Bydd 'na gerddoriaeth ar CD a digon o gêmau.

Er mawr syndod i mi, mae pawb wedi ysgrifennu rhywbeth am 'Beth mae Mr Rowlands wedi ei ddysgu i mi'. Am mai fy syniad i oedd o, ata i mae pawb wedi dod â nhw. Mae 'na luniau a thraethodau a rhestrau, ac mi roddodd rywun CD i mi. Maen nhw wrth fy ochr i wrth i mi ysgrifennu hwn, a dwi wedi cael amlen anferth o swyddfa'r ysgol i'w rhoi nhw i chi yn un swp. Dwi wedi treulio awr heno yn addurno'r amlen. Mi helpodd Lisa hefyd, a rhoi benthyg beiros aur ac arian crand i mi.

'Diolch,' meddwn i.

'Dwi'n licio Mr Rowlands,' atebodd hi.

Yr unig beth ydy, dydw *i* ddim wedi gwneud dim byd i chi eto. Rydw i wedi bod yn trio meddwl am rywbeth

ers hydoedd, gan fwriadu ysgrifennu clamp o restr hir yn
y dechrau. Ond pan dwi'n rhoi fy meiro ar bapur, does 'na
ddim byd yn dod. Mae 'na ormod o eiriau, fel petaen nhw
i gyd yn cwffio am ba un fydd y cyntaf i gael mynd ar y
dudalen. Wn i ddim lle i ddechrau, ac mae hi'n wyth o'r
gloch yn barod, ac rydw i heb ysgrifennu gair o ddiolch i
chi.

Rydw i'n dal heb brynu *Cloud Runners*.

Aeth Dad â fi i siop fawr ar ôl ysgol un pnawn
wythnos diwethaf. Roedd o eisiau prynu llyfr nodiadau
newydd i mi, fel roedd o wedi addo. Ddim i'r archfarchnad
aethom ni'r tro yma, ond i siop sy'n gwerthu pob math
o offer swyddfa – cyfrifiaduron a beiros a phensiliau.
Ac roedd 'na un adran oedd yn gwerthu dim ond llyfrau
nodiadau.

O, Mr Rowlands, mi fyddech chi wedi bod wrth eich
bodd. Roedd 'na gannoedd ohonyn nhw. Wnaeth Dad mo
'mrysio i, chwaith, ac mi gymerais hanner awr i ddewis yr
un roeddwn i ei eisiau. Mae o'n las golau, fel y môr yn yr
haf, a phatrwm tonnau drosto fo. Wn i ddim pam dewisais
yr un yna, dim ond bod fy llygaid i'n cael eu denu'n ôl ato
fo o hyd.

'Mi bryna' i ddau i ti,' meddai Dad, ond ysgydwais
fy mhen.

'Un llyfr ar y tro,' meddwn i, ac edrychodd Dad
arna i fel petawn i wedi dweud rhywbeth doeth iawn.

Wyddoch chi beth arall oedd yn y siop? Llyfr
nodiadau mawr, clawr caled, du, a sêr bach melyn a lleuad
fawr arno. Dad gododd o gyntaf.

'Wyt ti'n cofio Mr Rowlands yn dweud ei fod o'n
arfer ysgrifennu mewn llyfr fel 'ma? Efo sêr a lleuad arno?'
holodd Dad, a syllu ar y tudalennau gwag fel tasa fo'n

gweld geiriau yno. Ochneidiodd, a rhoi'r llyfr yn ôl ar y silff.

Mr Rowlands, roeddwn i'n methu cael y llyfr nodiadau yna allan o 'mhen. Beth bynnag roeddwn i'n ei wneud, roedd fel petai'r llyfr sêr a lleuad yna wedi glynu yn fy meddwl. Roeddwn i'n gwybod na fyddwn i eisiau ysgrifennu ynddo fy hun – roedd y llyfr tonnau glas yn berffaith i mi – ond roeddwn i'n ysu am ei gael o.

Felly dydd Sadwrn, mi gerddais yr holl ffordd i'r siop fawr yna, ac ymestyn y llyfr o'r silff.

Roedd o'n costio £19.99. £19.99! Ond faswn i'n methu meddwl yn iawn taswn i ddim yn ei brynu o. Felly dyna wnes i, a'i lapio'n ofalus yn fy macpac.

Wrth gerdded adref, dechreuais feddwl. Nid perlewyg, yn union, ond digon i wneud i'r daith adref deimlo'n llawer byrrach na'r daith yno.

Roeddwn i'n athro yn ein hysgol ni. Doedd y rhieni ddim yn rhy siŵr ohono i. Doeddwn i ddim fel yr athrawon eraill. Weithiau, roedd y plant yn ansicr ohono i hefyd, yn meddwl 'mod i'n od ac yn anarferol. Ond doedd fawr o ots gen i.

Un diwrnod, byddai bachgen yn dod i mewn gyda'i dad. Doedd o ddim yn fachgen drwg, dim ond yn freuddwydiol, braidd. Byddai'r ddau'n eistedd o 'mlaen i yn y dosbarth, a'r tad yn holi be' fyddai'n helpu ei fab.

Byddai fy llygaid yn mynd i edrych yn bell, a byddwn i'n dweud wrth yr hogyn am ddechrau cadw dyddiadur, neu ysgrifennu cyfres o lythyrau na fyddai byth yn cael eu hanfon. Ac er na fyddai'r un ohonyn nhw'n sicr ar y pryd, byddai'r llythyrau yna'n eu gwneud nhw'n hapusach ...

Rydw i wedi lapio'r llyfr nodiadau â'r clawr sêr a lleuad, ac mae o ar fy nesg, yn barod i'w roi yn anrheg i rywun. Ac ar ôl i mi baratoi i fynd i 'ngwely, a mynd i lawr y grisiau i ddweud nos da wrth Dad, a chael diod o ddŵr, mi fyddaf i'n eistedd wrth fy nesg ac yn ymestyn y papur lapio eto.

Yn ofalus iawn, byddaf i'n gafael yn y llyfr nodiadau hwn – yr un dwi 'di bod yn ysgrifennu ynddo ers hydoedd, yr un dwi'n ysgrifennu ynddo fo rŵan hyn – ac yn ei lapio'n ofalus, gan wneud yn siŵr 'mod i'n cael y corneli'n daclus. A wedyn, ar y papur lapio glas, byddaf i'n ysgrifennu, yn fy llawysgrifen orau, Beth mae Mr Rowlands wedi ei ddysgu i mi. Diolch, gan Huw.

Yn y bore, byddaf i'n rhoi'r llyfr yn fy mag, ac ar ddiwedd y dydd, pan fyddaf i ar fin dweud hwyl fawr wrthoch chi am y tro olaf, mi fyddaf i'n rhoi'r anrheg i chi. Mi gewch chi ddarllen yr holl lythyrau yma, Mr Rowlands, am mai dyma'r unig ffordd y medra' i ddangos i chi be' 'dach chi wedi ei ddysgu i mi.

Wedyn, ar ôl ysgol, mi ddof i adref ac aros i Dad ddod yn ôl o'i waith. Efallai y bydd hi'n ddiwrnod Tei Tyn ac efallai na fydd o'n gwisgo tei o gwbl pan ddaw o i mewn, ond dim ots am hynny. Mi reda' i i fyny'r grisiau a nôl yr anrheg arall.

Ia, dyna chi. Y llyfr nodiadau gwag, newydd sbon, â'r lleuad a sêr arno.

Roeddwn i'n mynd i'w roi o'n anrheg i chi, Mr Rowlands. Dwi'n siŵr y byddech chi wedi'i licio fo. Ond mae gen i un llyfr nodiadau sy'n llawn geiriau, ac un arall sy'n wag, a dwi'n meddwl bod angen i Dad ddod o hyd i'w eiriau ei hun i lenwi ei lyfr.

Byddaf i'n rhedeg i lawr y grisiau ac yn rhoi'r llyfr yn nwylo Dad. Bydd o'n siŵr o ddweud rhywbeth fel, 'Ond dydy hi ddim yn ben-blwydd arna i na dim!' a byddaf i'n ateb rhywbeth tebyg i, 'Na, ond ro'n i isio i chi ei gael o.' A bydd o'n agor yr anrheg, a ...

Wel. Dwi ddim yn siŵr be' fydd o'n ei ddweud.

Ond dwi'n gwybod sut byddaf i'n teimlo. Fel taswn i'n rhannu rhywbeth mawr, pwysig.

Am eiliad fach, Mr Rowlands, mi fyddaf i'n teimlo fel chi.

Hwyl fawr i chi, a diolch.

Eich ffrind,

Huw

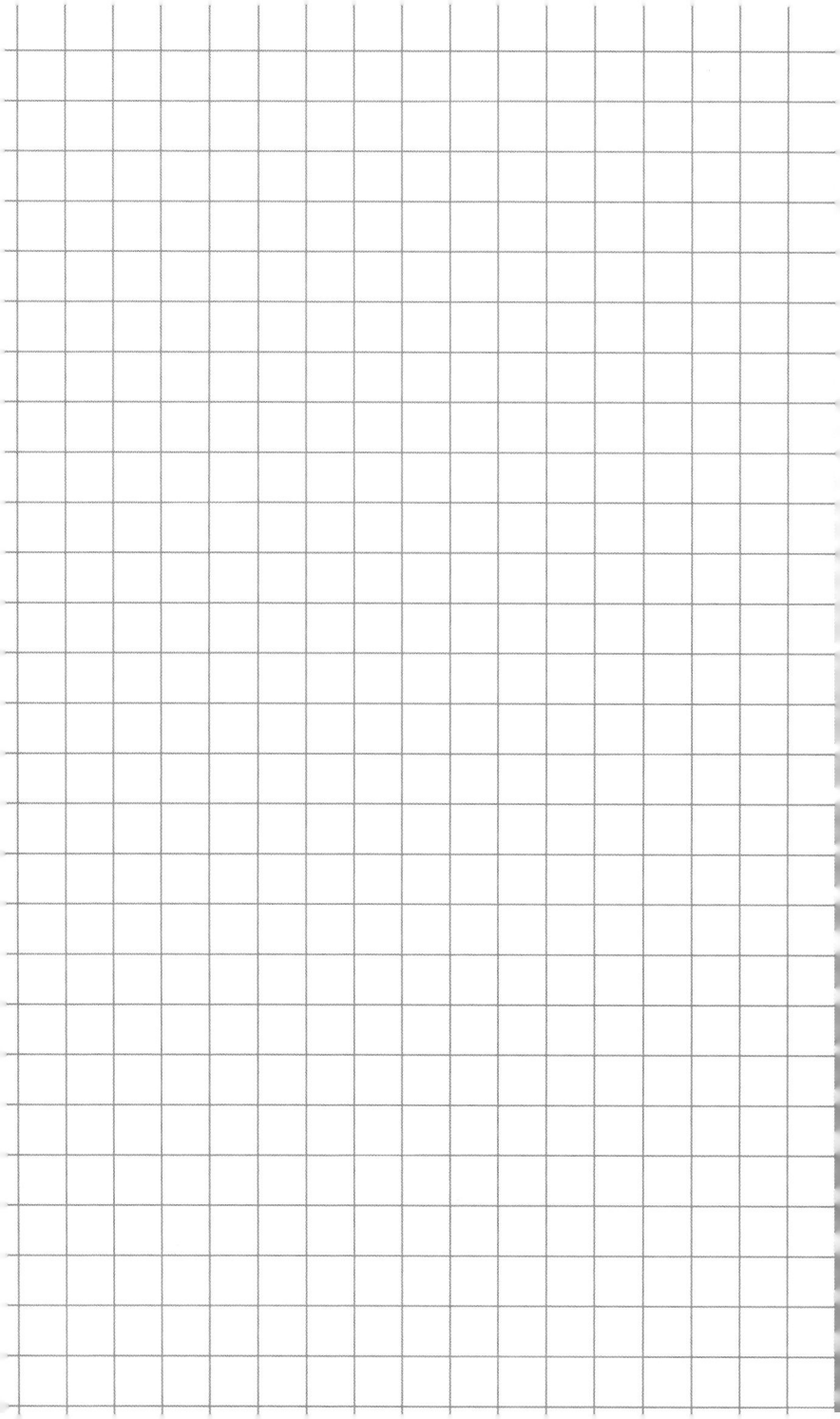

Cyfres y
Geiniog

Hefyd yn y gyfres

978-1-78390-065-7

978-1-78390-066-4

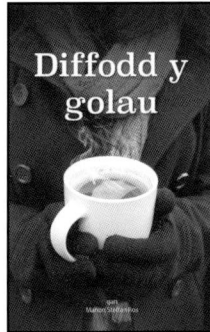

978-1-78390-064-0

Yn ychwanegol i'r nofelau, mae gwefan benodol
ar gyfer y gyfres sy'n cynnwys cyfleoedd pellach
i ddarllenwyr ystyried y sefyllfaoedd ariannol
sy'n deillio o'r testun drwy weithgareddau
rhyngweithiol.

Am fwy o fanylion, ewch i
www.canolfanpeniarth.org/cyfresygeiniog